溺愛アルファは運命の番を逃さない
Kaori Shu
秀香穂里

JN067631

CB
CHARADE BUNKO

Illustration

秋吉しま

CONTENTS

溺愛アルファは運命の番を逃さない ——— 7

束縛アルファは運命の番を離さない ——— 161

あとがき ——— 202

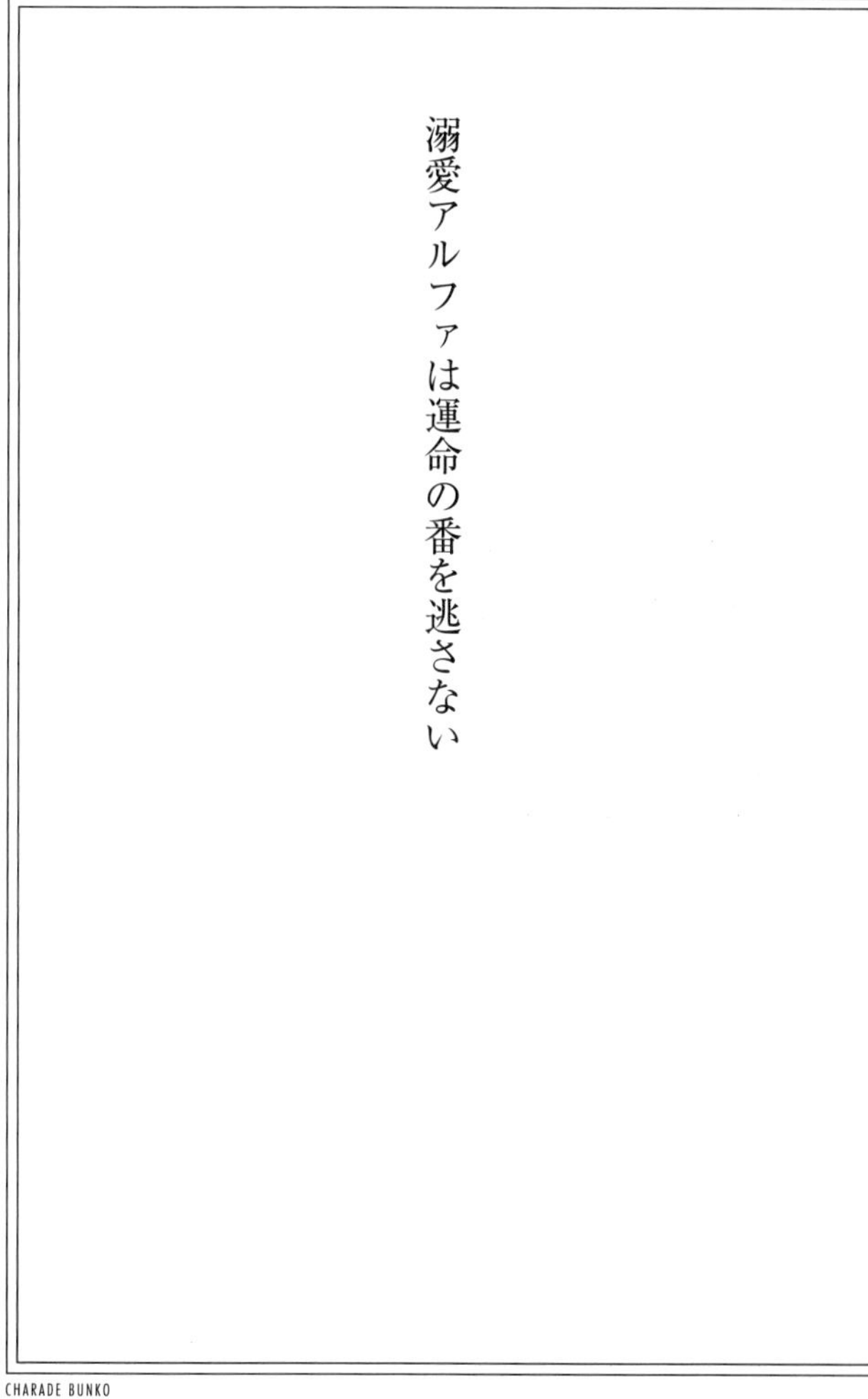

溺愛アルファは運命の番を逃さない

CHARADE BUNKO

1

「よっしゃー！　勝った！　勝ったぞ！」

雄叫びとともに拳を突き上げる。長い、長い戦いだった。気分は爽快だ。

『みんなお疲れ〜。今日は頑張ったね』

『おつおつ』

画面の中ではしゃぐメンバーたちに、葉波悠乃はにこにこしながらヘッドセットマイクをつけ直し、「おつー」と呼びかける。

「僕、足引っ張ってなかったかな。最後、二回も死んでごめん」

『セイルにはまだちょっと手強いボスだったけど、頑張ってたじゃん』

『そうそう、最後の一撃はセイルの炎の矢だったんだし。お疲れさま』

温かい言葉に胸がほわりとなり、じっとモニターを見つめる。

もうひとつの世界、もうひとりの自分がチームメンバーと笑い合う。

セイル、というのがこのオンラインRPG『アルトラスエンド』での悠乃だ。エルフのセイルはすばしっこく動き、直接的な攻撃は得意ではなく、回復や蘇生がメインだが、先ほどメンバーが言ってくれたように、『炎の矢』という威力のある一撃を繰り出すことができる。

今回のボスに辿り着くまでにだいぶレベリングしたから、クエストに挑む直前で『炎の矢』を習得し、無事に役立たせることができた。

『アルトラスエンド』にログインするようになってから約三か月。最近、やっとまともな戦いができるようになってきた。

最初はひとりで戦い、雑魚敵にボコられることもすくなくなかったが、いまのチームに入ってからは違う。ログインすれば誰かがかならずいるし、共闘することができる。

『セイル、長時間のプレイだったから疲れただろう。よく寝て』

『ありがとう、カイ。カイもちゃんと寝てね』

トークアプリを使ってゲーム中みんなで実際に喋りながら、役割を分担してきた。カイはボイスチェンジャーを使っているから、地声がどんなものかは不明だ。

チームリーダーのカイのやさしい声にほっとし、「じゃあ、また来週の夜九時に」と約束してログアウトした。

途端に静寂が襲ってきて、悠乃を現実に引き戻す。

七月初旬の夜は蒸し暑くて、エアコンの室外機がベランダで唸りを上げている。それと同じぐらい、ゲーミングPCの排熱ファンも勢いよく回っている。

デュアルモニターを置いたデスクは大きく、余裕があるはずなのに、手元は惨憺たるものだ。

ビールの空き缶が三つ、パックのミルクティーにペットボトル、飲み終わったゼリー飲料、コンビニのおにぎりの包み紙が散乱していた。口を開けっぱなしのスナック菓子に目を止め、はぁ、とため息をつく。

どれだけゲームの世界で力を上げていても、現実の自分はなんともやるせない。

今年で二十五歳。外車のディーラーとしてお客様に頭を下げる日々は平凡で、これといった刺激がない。仕事の成績はどんなに頑張っても七人いる社員の中で四位か五位。高級車を扱っているだけにそう簡単に車が売れることはないので、懸命にオプションなどを販売することで、なんとかいまの成績を保っている。下からかぞえたほうが早そうな事実にもう一度ため息をつき、すっかりぬるくなった缶ビールの残りを飲み干す。

「あーあ……」

水曜の今日、悠乃はオフで、だらだらと惰眠(だみん)を貪(むさぼ)り、昼前にようやく起きて洗濯機を回している間、コンビニに走って一日分の食料を買い込んだ。

朝食兼昼食は、ハンバーグ弁当と野菜ジュース。腹ごしらえをしたら洗濯物を干し、東京下町にある１ＬＤＫの部屋をざっと掃除する。

ビールやサワー、スナック菓子にエナジーバーにエネルギー飲料も買ってきてあるから、今夜はばっちりだった。

水曜の夜九時。そこから始まる数時間がいまの悠乃にとって唯一の楽しみだ。だいたい、日付が変わるまでゲームに没頭する。水曜以外にもログインするが、馴染(なじ)みのチームと集合できるのは水曜の夜だけだ。

悠乃はサービス業なので、土日はやすめない。

だから水曜の夜集合なのはありがたいが、週の真ん中に堂々と遊べるメンバーはいったいどんな人物たちなのだろう。

チーム名は【紅の剣を掲げし者】だ。そこに集まるメンバーはレベルをカンストしている猛者もそろっていて、初心者の悠乃が簡単に近づけるところではなかった。

だが、最初の街でひとりいろいろと戦いながら、もうちょっと仲間がいると遠くにも行けるんだけどなとチームメンバー募集の掲示板をぼんやり眺めていたところ、突然話しかけられたのだ。

『はじめましてこんにちは。初心者だよね?』

「は、h、はじmえsて」

そのときはキーボードを使って動揺しまくりながら挨拶を返した。

急なことにタイプミスがひどくて笑われるかもしれないと心配したが、【カイ】という名前を頭上に表示させている凜々しい美丈夫は急くことなく、待ってくれた。

『いきなり話しかけてごめんね。ゆっくりでいいよ。俺の名前はカイ。【紅の剣を掲げし者】のチームリーダーなんだ。きみ、もしかしてどこかのチームに入ろうとしてる?』

「わkりmす?」

『数日前も、きみをここで見かけたから。まだ始めたてで、知り合いがいないんだろうなつ？』

「はい」

やっと息継ぎができて、まともな返事ができた。

「すみません、うまく話せなくて」

『大丈夫だよ、みんな最初はそんな感じ。俺だってそうだったよ。レベルはいまいくつ？』

「15、です」

『それだと、この先にあるさざ波のほこらのボスを倒すのは難しいかな……よかったら、うちのチームに入るかい？　俺たちがサポートするから』

「う、うe？」

まさか誘ってもらえるなんて思わなかった。

掲示板には、『今月のチームランキング』なる一覧が貼り出されており、【紅の剣を掲げし者】はつねにトップスリーに入る強さを誇っていた。

そんな強者たちが集まるチームに入って、足手まといにならないだろうか。

案じたのが伝わったのだろう。カイが華麗にお辞儀のポーズを取る。

『おいでよ。最近、うちのチームメンバーも固定化してきて、ちょっと刺激が足りないんだ。きみが加入してくれたら、みんな喜ぶ』

「でも、僕、女性キャラじゃないですよ……？　回復魔法はなんとか使えますけど」

『男性でエルフになるひとはめずらしい。そこも気に入ったんだ。地道に頑張れば、きみは最強のエルフになれるよ』

そのひと言でこころが決まった。

「入り、ます。あなたのチームに入れてください」

『ほんとうに？　嬉しいな。じゃ、早速手続きをしよう』

操作にもたつく自分に代わって、カイは面倒見よくいろいろと説明してくれた。

チームに入れば、ログアウトしているメンバーも仲間に加えて戦いに出かけられる。

ついでだから、と、カイは、ゲーム内の金で二万ゴールドと薬草、魔法の聖水をどっさり与えてくれた。

『メインストーリーをガツガツ追うのも楽しいけど、服作りや武器、防具作りに、魚釣りも楽しめるし、自分の家を建てることもできるから、好きなときに好きなことをやったらいい。お金が足りなかったらいつでも言って』

「あ、あ、ありがとう、ございます」

新人プレイヤーには破格の扱いに恐縮すると、カイはまたもお辞儀する。

『セイルが俺たちに新しい風を吹かせてくれ』

「精一杯、gんばります」

肝心なところでミスったが、気持ちは通じたはずだ。

あれから、もう三か月近くも経つのだ。

ソロでプレイする時間のほうがずっと長いが、腕に覚えのあるメンバーたちが集う水曜の夜がたまらなく楽しみだった。

いつまでも、こんなふうに過ごせたらいいのに。

みんなと他愛ないことを喋りつつ、強敵に挑み、祝杯を上げる。

だけど、ゲームのスイッチを落としてしまえば彩り(いろど)のすくない現実が待っている。

「あー……『アルトラスエンド』に住みたい……」

ぼやきながらデスクの上を片付け、悠乃はバスタブの湯を張りに行く。

明日は木曜日。明後日は金曜日。

次の水曜までまだ一週間もある。

バスタブを洗い、湯を溜めるボタンを押してからまたデスクに戻る。『アルトラスエンド』のメインメニューがモニターに映っていた。

あと一時間ぐらい、ソロで遊ぼうか。それとも、まだ誰かメンバーが残っているだろうか。

トークアプリを見ると、未読のダイレクトメッセージが残っていた。

差出人はカイ。

ドキドキしながら開いてみると、そこにはねぎらいの言葉が綴(つづ)られていた。

『今日も一緒にプレイできて楽しかったよ、セイル。きみはどんどん成長していくね。見ていても楽しいよ。また今度一緒に遊ぼう。お疲れさま。よい夢を』

さりげない文面にこころが躍る。

悠乃はカイに好意を抱いていた。もちろん、ゲームの中でしか会えない人物だけど、最初からなにくれとなくやさしくしてくれたし、今日は二回も蘇生してくれた。

合成音で聞くカイの声は低く、男っぽい。いかにも、戦士、という職業に合った声だ。身に着けている装飾品も、武器も、スペシャルレアばかりだ。

きらきらとまばゆいカイが先陣を切って敵に突っ込んでいく場面を思い出すと、いまでも胸が熱くなる。

片想いしているのだ、カイに。

たぶん、彼は実社会でもアルファだろう。オメガの自分とは違って。

チームメンバーはみんなおおらかで強く、頼りがいがある。リーダーのカイがスカウトしてきた者ばかりだと聞いたのは、加入直後だっただろうか。【紅の剣を掲げし者】に入りたいと思っても、自薦では無理らしい。

カイみずからこれぞと思う人物に声をかけ、入団したというだけあって、みんなは初心者でおろおろしているセイルを親切にサポートしてくれた。

それでもやっぱり、最初に声をかけてくれたカイは特別な存在だ。

ゲーム内のキャラクターだから、それはもうはちゃめちゃに格好いい。髪型や目の形、色、ボディスタイルも自在に選べる。セイルはまだそこまでレベルが行っていないから無理だが、カイクラスになると、街の美容室でさまざまなヘアスタイルやメイクを選ぶことができるのだ。

アッシュブロンドの髪は長く、大きくうねり、まさに王者だ。シルバーの甲冑がまたよく似合っていて、仲間内からは冗談交じりに「閣下」と呼ばれることもある。

みんなのヒーロー、カイにすこしでも好いてもらえているだろうか。

そのためにはとにかくセイルを育て、ゲーム内で死なないようにしなければ。

彼だって言っていた。男性のエルフはめずらしいけれど、鍛えたら最強になれると。

あともうちょっとだけ。

次にカイに会ったとき、「腕を上げたな」と褒められたい。いずれは彼のようなひとと現実で出会って恋に落ち、温かな家庭を築きたいと淡い夢を抱いていた。

悠乃はPCゲーム用のコントローラーを握り、ひとり、『アルトラスエンド』に戻っていった。

2

あくびを嚙み殺し、トイレの鏡に向かって髪を軽く梳く。目の下にうっすらくまができているが、見咎められるほどではないだろう。

男子トイレを出て目的の会場に向かうと、ドレスアップした女性と男性がにこにこしながら出迎えてくれた。

「葉波悠乃と申します。本日はまことにおめでとうございます」

「ありがとうございます。こちらに一筆お願いできますか」

女性が差し出してきた芳名帳に名を記し、祝い金を差し出す。包んだのは三万円。今日、この都内有名ホテルで披露宴を開くのは悠乃の同僚、井崎真だから、祝い金は妥当な金額だろう。

同じ二十五歳でもすでに結婚を決めるひとがいるのだと思うと、こころがすこし重くなる。

自分なんか、毎週水曜のゲームを楽しみにしているぐらいだ。一度ゲームに熱中すると食事もトイレも風呂も面倒になるというていたらくだが、いまのところ、他に熱中できるものはない。完全に無趣味、というわけではないからまあいいかとおのれをなだめ、華やかな会場内へと足を踏み入れた。

ボーイが悠乃を井崎側のテーブルへと案内してくれる。六人掛けの丸テーブルはほぼ埋まっていた。

「失礼します」

右、左の男性に頭を下げ、席につく。すぐにボーイがシャンパンを注ぎに来てくれた。

通常ならば同僚である新郎の会社関係者が着くテーブルに配置されるはずなのだが、出席者と席数の関係で、悠乃は井崎の友人たちが集うテーブルに座ることになった。

『ごめんな、せっかく参列してくれるのに知り合いがいないテーブルに配置して』

あらかじめ頭を下げられていたので、『いいよいいよ、大丈夫』と返しておいた。

周囲は見知らぬ者ばかりだが、約二時間ほど我慢すればなんてことはない。

夏の披露宴にふさわしく、サマーウールでできた軽めのブラックスーツに身を包んできた。ネクタイはシャンパンゴールド。

悠乃の控えめな美貌によく映える(は)と行きつけのショップ店員が一押ししてくれたものだ。

自分の顔だからたいして気にしたことはないが、悠乃はオメガ特有の陰がある美しい相(そう)貌(ぼう)だった。

今日、結婚する井崎はベータだ。いま挨拶しているのはアルファの上司。この丸テーブルに集うのも、ベータかアルファだろう。

世界は、三つのゾーンに区切られていた。男女の他に第二性というものがあり、上からアルファ、ベータ、オメガと呼ばれていた。

アルファはピラミッド社会の頂点に立つ者らしく、男女ともに美々しい者が多い。リーダー気質でもあるので、トップ企業を率いる者や政治家のほとんどがアルファだ。他にも芸能人やスポーツ界で名を馳せる者はアルファが多い。見た目だけではなく、身体能力もすぐれているのだ。

次にベータ。穏やかな気質で、容姿も才能も平均的だ。もっとも数が多く、温厚でやさしいベータのおかげでこの世界は成り立っているとも言える。

そして、悠乃――オメガ。

男女ともに子宮を持ち、子をなすことが可能だ。三か月に一度、発情期に見舞われ、言葉にはしがたい甘いフェロモンを放つせいで、昔からオメガは特別視――あるいは差別され、社会の片隅でひっそり暮らしてきた。

なにせ、約一週間に及ぶ発情期の最中はセックスのことしか考えられないのだ。誰でもいいから交わりたいという獣の思考にも近いオメガは性犯罪に巻き込まれることも数知れず。ひと昔前までは、フェロモンを抑えるための軽いパルスが流れる首輪をはめられていたぐらいだ。

首輪がなくても、明るくはつらつとした美貌を褒めそやされるアルファとは違い、オメガはどこか沈むような危うい美しさを放つ。

悠乃も、そんなオメガのひとりだった。両親どちらかがオメガだったのだろう。その血を引いた悠乃は思春期の頃に第二性が発覚した。

出自が曖昧なのは、悠乃が施設育ちだからだ。乳児の頃に、バスケットに入れられ、児童養護施設の前に置かれていたと、中学生の頃に施設の先生から聞いた。

先生たちも、悠乃の両親捜しについてはずいぶんと手を尽くしてくれたようだが、結局わからなかった。

たぶん、悠乃を産んだものの、生活が立ちゆかなくなった誰かが、そっと置いていったのだろうという話だった。

顔も名前も知らない両親をいとおしく思ったことはない。せめて幼児期まで育ててもらっていたら顔ぐらいおぼろげに覚えていただろうが、悠乃にとっては施設の先生たちが親そのものだった。

ただ、寂しいという感情はつねにこころのどこかにあった。施設に預けられた子どもたちは多かった反面、職員の数が足りなかったため、ほんとうの親であれば一日中目をかけられただろうところを、致し方なく放っておかれる時間もあった。

そんなとき、悠乃はお気に入りのうさぎのぬいぐるみを抱き締め、自分だけの物語の世界に浸った。

この広い世界のどこかに父と母が存在していて、悠乃と会える日を待っている——そんな幼稚な夢想に浸るだけの時間はたっぷりあった。

さすがに二十五歳になったいまではそんな夢も見なくなったけれど。

施設には高校卒業まで世話になった。学生時代からバイトをしており、国によるオメガ補助金の制度もあったので、大学入学をきっかけに独立した。

小学校、中学校、高校とすべて普通の家庭で育った友人と過ごしてきたが、大学はもっといろいろな人々との人間関係があった。アルファも通う名門校に奨学金を受けながら通い、浮き立つようなキャンパスライフに身を浸した。

けれど、半年もすると、そこここでグループができあがった。アルファはアルファ同士、ベータはベータ同士でつき合い、オメガの悠乃はどこにも染まることができなかった。

べつに仲間はずれにされていたのではない。ただ、同じ種はわかりやすいのだろう。大学に通う新入生のオメガは悠乃ひとりだけだったから、サークルに所属することなく、ランチは学食で適当に食べ、放課後ともなるとバイトに走った。そして必要な単位を取るとすぐさま就活をし、昔から憧れていた外国車のディーラーに無事身を置くことができた。

幼かった頃、羨(うらや)ましいなと思ったことがふたつある。

ひとつは、新しい服を着てくる同級生だ。普通に暮らしていたら、成長に合わせて服を新調してもらえるのだろうが、施設にいた悠乃は慈善団体から寄せられた誰かのお下がりばかり着ていた。初めてのバイトで得た給料で買ったTシャツは、いまでも大事に着ている。

ふたつめは、家族旅行だ。夏休み、冬休みともなると、みんな車や飛行機、新幹線に乗ってどこかへと出かけていく。

なかでも悠乃は、自分で運転していつでもどこでも好きなときに出かけられる車に惹(ひ)かれた。

スタイリッシュなボディラインを売りとする外国車メーカーに就職できたときの嬉しさはいまだ忘れられないが、口下手で、積極的な営業ができない悠乃はいつも中途半端な成績に甘んじていた。

どこかで打破したい。

迷うばかりの人生をどうにか覆(くつがえ)したい。

エルフのセイルならば、毎日ログインし、敵と戦うことで経験値が貯まり、レベルアップしていく。最初の頃は苦戦していた敵もなんなく倒せるようになったときの嬉しさと言ったら。

ゲーム好きにしかわからない感覚だろうが、こつこつこなせばゲームの世界ではなんでも叶う。凶悪なボスだって倒すことができる。

だけど、現実はそうもいかない。人生は一度きりだし、死んだら誰かに生き返らせてもらうこともできない。

すべては自分次第なのだとわかっていて、一歩踏み出すきっかけを掴み損ねているような自分に内心ため息をついていると、長々とした上司の挨拶が終わるところだった。

「では、皆さん、グラスをお持ちください。初々(ういうい)しいふたりの新しい船出に乾杯！」

「乾杯！」

「カンパーイ！」

大広間のそこかしこでグラスの触れ合う音がする。

物思いに耽っていた悠乃もシャンパングラスを掲げ、右の男と挨拶し、左の男へ——というところで、はっと目を瞠った。

黒髪を綺麗に撫でつけた三十代半ばとおぼしき男も、驚いたように目を丸くしている。

彼の漆黒の目に射貫かれた途端、びりっと甘く狂おしい電流が身体中を駆け抜け、あわやグラスを取り落としそうになった。

ぐらりと傾ぐ身体を、彼が慌てて支えてくれる。

「大丈夫かな。気分でも悪くなった？」

「い、え、すみません……大丈夫です」

深呼吸を繰り返す。背中にあてられた手がじわりと熱い。

彼だけに向かってなにもかも差し出したい衝動に駆られ、自分が一番驚いてしまう。

なんとも見目麗しい男だ。意思の強そうな切れ長の目に、通った鼻梁。とりわけ、厚めの上くちびるが色っぽい。堂々とした体軀にフォーマルスーツはしっくりはまっていて、間違いなくアルファだと思われる。

「きみは——」

咳払いした男が、声をひそめた。

「間違いじゃなければ、オメガかな？」

「そうです。そういうあなたはアルファですよね？」

「ああ。……きみみたいなオメガには出会ったことがない。いままでに何人かのオメガを目にしてきたが、君ほど磁力の強いひとには会ったことがないな。失礼だが、名前は？」

「葉波悠乃と申します。新郎のお知り合いですか」

「私は生嶌一仁だ。新郎が通っていた大学のキャンプ部のOBなんだ。新郎よりも十歳上だけど、うちのサークルは結束が強くてね。卒業したいまでも、ちょくちょく集まるんだ。きみはキャンプする？」

「いえ、アウトドアとは無縁で」

じつは夜な夜なゲームに興じていると彼が知ったらがっかりするだろうと思い、言葉を濁した。

「読書と映画鑑賞が趣味です」

無難な線を行き、シャンパンを呷る。

それにしても、この激しい鼓動はなんだろう。

ただ隣に座っているだけなのに、その体温が伝わってくる気さえする。

——まかり間違って彼に抱き締められたら、そのまま身を預けてしまうかもしれない。

突飛な妄想に取り憑かれてしまったものの、一仁の炯々とした視線を受け止めるともじもじしてしまう。

身体の芯が炙られるようだった。

最高級のフレンチがサーブされる間も落ち着かず、そわそわと彼を見てしまう。

「きみはどんな仕事をしているのかな？」

「外国車の営業マンです」

メーカー名を告げると、一仁は驚いた顔をする。

「それはすごい。最近、車はホビーの一種と見なされているところもあるが、きみの会社が扱う車はスポーツカーとして艶めかしい。あのボディラインには私も惚れているんだ」

一台二千万円近くするスポーツカーをひょいっと気軽に買う者はすくない。

憧れて憧れて、ようやく手にしたときには四十代を超えているオーナーもいる。それだけ、あの車には抗いがたい魅力があるのだろう。

悠乃が勤めるディーラーでも、毎日展示車を徹底的に磨いている。興味を持ってくれ、来場してくれた客には試乗車を勧める。ひと昔前ならマニュアル車がほとんどだったが、いまはオートマ車が主流だ。コンパネもデジタル形式になった。カーナビも当然搭載されている。

「オール革張りで最高の乗り心地だよね、友人の車に乗せてもらったことがあるよ」

「ありがとうございます。お褒めいただけて光栄です」

精一杯自然な振る舞いをしたつもりだが、喉はからからだし、かと言って食欲もない。

立て続けにワインのお代わりをし、くらりと来たところで一仁がそっと背中を支えてくれる。

披露宴では、友人たちによる余興が始まっていた。歌あり、漫才ありで、場内は笑いの渦に包まれている。

きっとこのあとは新郎新婦による両親への手紙を読み上げる時間だろう。

自分を慈しんでここまで育ててきてくれた両親への感謝の手紙。

聞きたいようでいて、自分には縁のないものだと考えると酔いが回りそうだ。

「悠乃くん、顔が青白いよ。酔ったのかな？　だったら私の部屋ですこしやすまないか」

「あなたの……部屋に？」

自然と名前を呼ばれていることがほのかに嬉しい。彼からしたら十歳も下の相手だから、気安く話せるのだろう。

「昨日今日とこのホテルに宿泊しているんだ。すこしでもベッドに横になれば楽になるだろう。いや、無理強いをするわけじゃないんだが」

気遣ってくれる一仁に、いいひとなんだなとかすかに笑う。

確かにこのまま椅子に座っていても、酔いが回りすぎて醜態をさらしそうだ。

だったら、思いきって一仁の部屋でやすませてもらうのもひとつかもしれない。

「……お邪魔して大丈夫ですか？」

「大丈夫大丈夫。ツインの広い部屋だから、ゆっくりやすんで。……ああ、余興で賑わってるね。この隙にこっそりおいとましよう」

「わかり、ました」

蠱惑的な声から意識を逸らせなくて、「ちょっとトイレに行ってきますね」と周囲に笑顔を見せて席を立つ。

先に出た一仁は男性トイレからやや離れたところにあるソファセットに腰掛けていた。

悠乃を見るなり、ぱっと立ち上がる。

「気分はどう?」

「いまは大丈夫です。ちょっと喉が渇いてるかも」

「ミネラルウォーターが部屋にある。それを飲んで」

言い合いながら、エレベーターに乗り込む。一仁がカードキーをパネルにかざし、十五階のボタンを押す。このホテルの最上階だ。宿泊者はおのおの専用のカードキーを使わないと、目的の階につかない仕組みとなっているようだ。

エレベーターの中ではなにも話さなかった。

ただ、この燃えるような胸の裡だけは彼にも伝わっているらしく、迂闊に口を開いたらとんでもないことを言いそうだ。

軽い浮遊感とともに、ポーンと音が鳴る。十五階だ。

並んでエレベーターを降り出て、廊下の突き当たりを目指す。

「この部屋だよ。どうぞ」

うながされて、部屋に入ってみた。玄関からして広い。ビジネスホテルではないので、廊下の両脇にいくつもの扉があり、先を歩く一仁が奥まったところにある扉を開いた。

「……わ、広いですね」

「スイートルームだからね。リラックスして。まずは水を飲もうか」

「すみません、お願いします」

ふたりきりになったらなったで、まともに顔を見ることができない。

どうしてここまで敏感になっているのだろう。

先ほど感じた苦しいぐらいの痺れはまだ身体中に残っていた。よろめきながらソファに腰掛け、大きなはめ殺しの窓の向こうに広がる景色をぼんやり眺めた。

都心にあるホテルだけに、東京タワーがよく見える。真っ赤な鉄骨で組み上げられたタワーはまるでおもちゃみたいだ。

一仁が冷蔵庫で冷えていたミネラルウォーターをグラスに注ぎ、手渡してくる。

「ありがとうございます」

薄いグラスの縁に口をつけ、半分ほど飲み干す。

冷たい水でいくらか頭がすっきりした。

だけど、こころはぼうっとしたまま。ネクタイの結び目をゆるめながら慎重に距離を空けて隣に腰掛ける一仁に目をやった。

今日出会ったばかりの男とふたりきり。

その事実がまだうまく頭の中で処理できない。

「急に誘ってしまってすまない。きみのフェロモンを感じた気がしたから。それに、目と目が合ったときに本能的にわかった。……きみは、私の運命の番だ」

「運命の——番……？」

「ああ、間違いなく」

決然たる声で言われるとそうなのかもしれないと思ってしまう。

運命の番——それは、オメガにとって人生を左右する大きなひと言である。

電撃が走り抜け、理性ではなく、本能でこのひとこそが一生をともにする伴侶と目覚めさせる相手が運命の番だ。

オメガにとってはアルファが、アルファにとってはオメガが契りを交わす相手となる。

運命の番を見つけたらオメガはフェロモンをそのアルファだけに発し、そのアルファだけに欲情する。そして、子をなすことを夢見るのだ。

オメガはたったひとりのアルファに愛を尽くすが、アルファは違う。さすがは神に選ばれし者だけあって、たとえ特定のオメガと契りを交わしても、気が変われば一方的に契約を解除し、他のオメガを探すことができる。

不憫なのは捨てられたオメガだ。生涯、忘れられない相手を想い、ひとり身を焦がす。

運命の番として契約を果たすには、急所でもあるうなじを噛んでもらう必要がある。

そこを噛まれたら、悠乃はもうどこにも逃げられない。

もしかしたらこの一瞬先にでも一仁に無理やりうなじを噛まれ、強引に契約を果たされることになるかもしれない。

——だけど、それでもいい。

そんな気分だった。

いままで仕事上多くの人物を目にしてきたが、一仁ほどこころを奪われる相手に出会ったことはない。

どこに惹かれたのだろう。ひと目でこころを蕩(とろ)かすような笑みを浮かべる相貌か。それとも、初対面の悠乃を案じる深いこころだろうか。

そのどちらとも言えるけれど——声だ。深く、甘い声が悠乃を捕らえて離さない。

彼が命じることならば、どんなことでも頷(うなず)いてしまいそうだ。

「もうすこし飲むかい？　今度は炭酸水でも」

「はい」

空(から)になったグラスにしゅわしゅわと泡の弾ける炭酸水が注がれる。

爽やかな味わいをゆっくり楽しみ、ようやく意識がはっきりしてきた。

「すみません、ご迷惑をおかけして」

「いや、私のほうこそ無理に誘ってしまった。一刻も早くきみとふたりきりになりたくて」

率直な言葉に照れていると、間合いを詰めた一仁がするりと頬を指でなぞってくる。

「こころが大きく揺り動かされたとき、その相手しか目に入らなくなる——それが運命の番なのだと幼い頃から両親に教えられてきた。きみが、そうなんだね」

「でも、僕たち、出会ったばかりで……あなたのこともなにも知らなくて」

「これはすまなかった。自己紹介がまだだったね。では、あらためまして」

こほんと咳払いをする一仁が姿勢を正す。

「生嶌一仁、三十五歳。中堅の貿易会社を経営している」

「すごい、社長さんなんですね」

「父から譲り受けたものなんだけどね。大変だったよ。セミリタイアしたいという父から会社を譲り渡されたはいいものの、だいぶ傾いていて。三十歳のときからがむしゃらに働いて、この二年ほどでようやく黒字経営にすることができた。いまだってひやひやだよ」

「それでもやっぱりすごいです。僕には会社経営なんてとても無理ですよ。大局を見据えて会社を動かしていく……すごいな。貿易ってどんなものを扱ってるんですか？」

「アジアやヨーロッパの骨董品が主かな。最近は日本の物も扱ってるよ。世界から見たとき、ジャパニーズアイテムはアジアの中でも特別らしくてね。ひな人形や五月人形なんかはとくに人気があるんだ。海外のセレブが美しい部屋に人形を飾りつけたいらしくて」

「へえ……」

「きみが扱っている車と同じようなものだ。海外の文化を手元に置いておきたい。愛でたい。そういう気持ちは世界共通なんだろうね。掛け軸なんかも好まれているよ。ベッドルームに飾りたいひとが多くて」

「日本人からの視線とはぜんぜん違っていておもしろいですね。僕が愛用しているティーカップはイギリス製の古い物なんですが、すこし色褪せた花柄にほっとするんです」

「長い時間を経て愛されてきた物が誰かの手に渡って生きながらえていく。いい仕事に就いたと思っているよ」

「確かに」

仕事が好きなのだろう。一仁の熱っぽい言葉に微笑みながら、相づちを打つ。

気づけば炭酸水はほとんど飲み終わっていた。

そのことに気づいた一仁がいたずらっぽい目を向けてくる。

「もっと刺激が欲しくないか？」

「刺激……？」

一仁が人差し指でとんとんと悠乃のくちびるをつついてくる。

「ここに、キスがしたい」

「で、でも……」

「出会ったばかりの男に身を委ねるのが怖いかい？」

「……すこし。あの、僕……」

なんの経験も、なくて。

恥じ入りながらぼそぼそ呟いた声は確かに彼に届いたようだ。

二十五歳になるいままで、誰とも身体を重ねたことがない。男も女も知らない身体は三か月ごとにヒートし、その都度熱を持てあましてきた。

　発情期は抑制剤を飲み、なんとか自分で処理してきた。

　次の発情期まではまだ二か月ほどある。

　だけど、一仁の言うことがほんとうならば、運命の番に出会ったことでホルモンバランスが狂い、軽いヒートが沸き起こっている。

　率直に言えば、飢(う)えていた。

　頬をなぞる手にすりっと自分から身を寄せ、もっと撫でてほしいと無言で訴えた。そこから始まる快感の奥深さを一仁自身に教えてほしかった。

　なんだか猫になったみたいだ。無意識に、頬を、頭を彼の手に擦りつけた。

　一仁がくしゃくしゃと髪をかき回してくるのが心地好い。長い指が地肌をくすぐり、甘く髪先を引っ張ったあとは、頬をするりとすべって頤(おとがい)をつまみ上げた。

　互いの呼気が重なる寸前、ぎゅっと瞼(まぶた)を閉じた。

　怖いのかもしれない。

　期待しているのかもしれない。

　だけど、運命の番という枷(かせ)は悠乃を縛りつけ、意識をよそに向けさせようとはしなかった。

　そっと、くちびるが重なった。

「っ、ん……」

　甘く、軽く吸われて、早くも夢見心地になってしまう。

ちゅっちゅっと可愛らしい音を立ててついばまれるうちに意識が蕩け、思わず彼の胸に両手を当てていた。上質なジャケットの襟をくしゃりと握り締め、引き寄せた。

あまりにキスが気持ちいい。

しっとりとくちびるの表面が湿る頃、舌がくにゅりと割り込んでくる。

熱く艶めかしい感触に一気に頭に血が上った。こんないやらしい感覚は、知らない。

「ふぁ……っぁ……ん、んっ……」

自分でも恥ずかしくなるほどの甘ったるい声を、一仁はひとつ残さず吞み込んでいく。

くちゅりと挿り込んできた舌はうぶな悠乃を試すようにちろちろと浅く嬲っていたが、蕩けたのがわかったのだろう。ぐっと押し込んできて、舌の根元まで搦め捕り、表面をうずうずと擦る。

「っぁ……！」

とろりとした唾液が伝ってきて、思わずこくりと吞み込んだ。喉元を人差し指でくすぐられるたびに、とろとろとした唾液を取り込み、淫靡な気分になってくる。

舌先を食まれ、舐られ、頭の中まで一仁でいっぱいになる頃、ゆっくり彼がのしかかってきてネクタイを解かれ、ワイシャツの前を開かれていく。熱く火照った肌があらわになり、鎖骨をつうっとなぞられただけでぞくりとするほどの快楽がこみ上げてくる。

初めて知った甘い味の虜になり、無我夢中で一仁に抱きついた。

彼の広い胸の中にすっぽり収まり、熱っぽいキスを立て続けに食らった。

額、頬、鼻筋、そしてくちびる。顎先を軽く噛まれ、じわりと滲(にじ)む快楽に呻(うめ)く。そんなところ、感じるなんて思わなかった。

息を浅くしながらのけぞると、喉元もやんわりと食まれた。うなじほどではないが、そこだって急所だ。頑丈な歯が食い込むのを感じてびくりと身体を震わせれば、鎖骨の溝を丹念に擦っていた指がツツと肌を引っかき、胸の尖(とが)りへと辿り着く。

緊張のせいか、すこしだけつんと尖っていた乳首を親指と人差し指でつままれ、捏(こ)ねられた途端、全身にびりっと甘い痺れが走り抜け、「――あ」と息を呑んだ。

この快感は毒だ。なにも知らない悠乃にとっては強すぎる愉悦だ。

「そこ……っや、あ……あぁ……っ」

「オメガはとても敏感だと聞いたことがある。悠乃くんもそうなのかな。胸を弄(いじ)っただけで硬くなってるよ。なんだか、いじらしいな」

「んっ、ん、う、っ」

くりくりと尖りを転がされるたびにずきずきするほどの快さが襲いかかってきて、声を殺そうにも殺せない。

たっぷりと弄り回された乳首はふっくらと根元から勃ち上がり、ほのかに赤らんでいた。

一仁がにこりと笑い、「噛みたくなってしまう」と囁(ささや)く。

「誰にもここを触らせたことがない？」

「ない、……ってです」

「じゃあ、私が初めての男だ」

言うなり、乳首を食んできた男の髪を思わず摑んだ。

「ア、っ、や、ん、んん、ッ――ン、んぅっ」

じゅるっと乳首を啜られる悦楽は、言葉にならない。散々指で愛撫されたあとだけに過敏になっているそこを囓られ、舐められ、吸い上げられて、ますますぽってりとふくらんでしまう錯覚に陥る。

右の乳首を吸われている間、左の尖りもこりこりとねじられて、絶え間なく喘いだ。

肌という肌がざわめき、熱く湿っていく。

いままで誰とも関係を持ってこなかったのは、一仁にこの身を捧げるためだったのだと自覚する。

運命の番という言葉を肌に刻まれていく瞬間、瞬間を、悠乃は新鮮に感じ取っていた。

気持ちいいという感覚を通り越して、ずっと絶頂を味わっているみたいだ。

「まだ胸を愛撫しているだけだぞ？」

くすりと笑う一仁がするっと手を下ろし、きつく盛り上がったスラックスの前をひと撫でする。

「うん、大丈夫みたいだ。きみはちゃんと感じている」

「ん……っ」

もはや涙声の悠乃は放心していて、彼の髪を何度も摑み直すことぐらいしかできない。

初めて会った男に身体を明け渡している。

その危うい事実はすこしずつ意識に染み込んでいくけれど、いまさら、やめてほしいと言う気はさらさらなかった。

出会った瞬間からこの胸に棲んだ男が次になにをするのか、目が離せない。

運命の番と交わったらどうなるのだろう。

ベルトをゆるめられ、スラックスのジッパーがジリッと音を立てて下ろされていく。ボクサーパンツの縁を引っ張られた瞬間にぶるっと鋭角にしなる性器が飛び出し、恥ずかしさのあまり両腕で顔を覆った。

「……っや……だ、見ないで……ください」

「どうして？　こんなに可愛く感じてるのに。もっと見せて」

反り返った肉茎の根元をしっかりと握られることにも感じてしまう。

一仁の愛撫はやさしかった。

硬くしこる陰嚢をこりこりと揉みほぐし、そのままずるぅっとくびれに向けて扱き上げていく。大きな手のひらに包み、熱を上げていくやり方は未経験の悠乃にとってあまりにも鮮明で、つらすぎる。

悦すぎるから、つらいのだ。

先端の割れ目をこじ開けられ、すりすりと指の腹でくすぐられるともう耐えられない。

「ン、んぁ、あっ、も、だめ、だめ……！」

「イきたい？」

必死にこくこく頷いた。

これがイきたいという感覚なのか。

初めて他人の熱で昂ぶらされ、極みに押し上げられようとしている。

稚拙な自慰とはまったく違う快感だ。

「じゃ、イかせてあげるよ。たくさん感じて」

言うなり、硬く芯の入った肉竿をぐしゅぐしゅと扱かれ、「あ、あ」と声を途切れさせた。

限界がすぐそこまで来ていた。

弾ける寸前、足の爪先をきゅっと丸める。一仁の愛撫は止まらず、まるで彼の手の中に身体ごと包み込まれてしまったみたいだ。

「ああっ……あ……イく……っ！」

どっと吐精し、溜め込んでいた熱が一気に噴き出す。

出しても出してもまだ飢えていて、身体の中心にどろりと重たい熱が凝っていた。それさえもどうにかかき出してほしくて無意識に腰をよじる。

一仁は目を細め、悠乃の拙い媚態を見守っていた。

「今日はなにも用意していないから……でも、私もまだきみを離したくない」

悠乃の放った白濁を窄まりへと塗りたくり、一仁が上体を起こす。

「きみを徹底的に感じさせることで、私の番なのだとわかってほしい」

スーツを脱いでいく彼にぼうっと見とれた。着痩せするたちなのだろう。しゅるりとかすかな音を立ててネクタイを引き抜き、ワイシャツのボタンをひとつずつ外していけば、上等な筋肉をひそめた身体があらわになる。

同じ男でも、こうも違うものなのか。

深く切り込んだ鎖骨に、広い胸。引き締まった腹からそうっと視線をずらしていくと、濃い繁みに覆われたそこに目が吸い寄せられる。

そそり勃つ太竿はエラが大きく張っていて、見るからに卑猥な形と色をしている。先端からはとろりとした愛蜜をこぼしていた。

生々しい肉感にそそられ、震える人差し指を伸ばすと、手首をしっかりと捕らえられた。

「触ってほしい」

「……ん、……はい」

熱杭を握らされ、火傷しそうだ。

頭の中は真っ白で、太い楔から指が離せない。熱い皮膚に指が吸いついてしまったみたいだ。

「指、動かせるかい？」

「……っ」

ただ握り締めているだけでは彼も苦しいだろう。

人差し指から順番にそろそろと引き剝がしていって、また握り直す。

だけど、それだけでは物足りなくて、思いきって上下に扱いてみた。

艶やかな吐息が落ちてきて、彼のものがむくりと嵩を増す。

そのことに勇気づけられ、ちらりと上目遣いに彼を見やる。

「気持ちいい……ですか?」

「ああ、とても」

深い声が蕩けた意識に染み渡る。嘘をついている様子ではなさそうなことに安堵して、にゅぐにゅぐと肉棒を擦り立てる。

自分がしてもらったみたいに先端の割れ目を指でなぞると、「こら」と言う一仁の腰が軽く震えた。

「あっという間に達しそうだ。……でも、まだ」

「——あ」

くるりと身体をひっくり返されたかと思ったら、腰骨をぎっちり摑まれ、高々と掲げさせられた。上体を深く倒し、腰だけ突き上げる格好は獣みたいだ。

羞恥で全身を真っ赤に染め上げる悠乃は枕を摑み、ぎゅっと顔を押しつける。

このあとの行為が想像できるようでいて、まったく思い浮かばない。

双丘をやわやわと揉みしだく一仁の指先は楽しそうで、息が弾む。

「きみのお尻はとても可愛いな。胸も感じやすいが、このお尻も相当なものだ。指が吸いめるついて離れない」

「んん……っ」

丁寧な愛撫によって悠乃の尻はむっちりと盛り上がって汗ばみ、男の指を喜んで受け止める。

このまま、勢いで繋がるのか。それとも——あれこれと想像を巡らせている悠乃のそこにひたりと肉竿が押し当てられた。

そのまま、腰を沈み込ませ、ゆっくり動き出す男に、つい声を漏らしてしまった。

「あ、っ、あぁ、う——んぁ……っぁ……っ」

一仁は無理に挿ってこようとはしなかった。しかし、悠乃の両腿をぴたりと閉じさせ、その隙間にぬぐぬぐと楔を突き込んでくる。

本物の行為を想像させるようないやらしい動きに息が切れた。

挿れたり、出したり。挿れたり、出したり。

立派なカリが陰嚢から敏感な裏筋を擦り立て、それだけでもう追い詰められる。

「あっ、あ、あ、こんな、の……っ」

「今日は、これで我慢するよ」

「んー……っ！」

いっそ突き込んでくれてもいいのに。

そう思うほどの衝動が身体中を駆け巡っていて、悠乃もたどたどしく腰を揺らした。

なにかが間違えばそのままぬるりと挿り込んでくれそうだ。

だけど、一仁も力を加減しているのだろう。悠乃に無理強いせず、慎重に猛りを太腿の間に挟み込んでくる。

どちらの愛蜜なのか、ぬちゅりと音が響いた。

その頃にはもうとっくに意識がスパークしていて、悠乃は途切れ途切れに声を上げながら高みへと昇り詰めていった。

「だめ、だめ、また――イっちゃう、イきたい……っ」

「ああ、私もだ」

「んーっ、イく……っ！」

「……く……っ」

太腿で挟み込んだ肉棒が熱くなり、悠乃が二度目の絶頂に達するのと同時に一仁も大きく身体を震わせた。

どくりと熱い飛沫(ひまつ)が内腿に染み込んでいく。

「あっ……あ……っ……はぁ……っ」

淫靡な感触に息が切れ、何度も枕に顔を擦りつけた。

「すごくよかった……あともうすこしできみを本気で犯してしまいそうだった」

「う……」

それでもよかったのに。

そう言おうとしたけれど、まだ身体に力が入らない。

今日出会った男と淫靡な熱を交わした。これ以上の行為に及ぼうとするならそれなりに準備が必要だ。オメガの悠乃は愛蜜が多いほうだけれど、男であるのは間違いない。下準備をしなければ、一仁を受け入れるのは難しいだろう。

一仁の声も上擦っていた。まだ欲情しているのだ。悠乃のうなじにかかる髪をかき上げ、軽くくちづけてきた。

「ここを噛んでしまえば、きみはいやでも私のものになる。でも――そうしたくない。きみには自然に私を好きになってほしいんだ。こんなことをしておいて言うのもなんだけど」

苦笑いしている彼に悠乃もくすりと笑う。

「一緒に風呂に入ろう」

「……はい」

誘ってくる彼に、素直に頷く。

男ふたりが入ってもまだ余裕のあるバスタブに湯を張り、髪先から爪先まで丁寧に洗ってもらった。「ベッドの始末をしておくよ」と先に彼がバスルームを出て、残された悠乃はひとりかすかに息を吐いた。

運命の番。

そのひと言で、人生がここまで大きく変わるなんて。

たった数時間前までは、赤の他人と肌を重ねることになろうとは思わなかった。

まだ、この関係はできたてで、もろく、はかない。

すこしでも余計な言葉を加えれば、一時の情事として片付けてしまえる。

だから、悠乃はバスタブの中で両膝を抱え、こつんと額を押し当てた。

「……運命の、番か……」

その言葉さえなかったら、ここまで甘やかされないだろうとも思う。

いままで深く考えてこなかったが、あらためて思うと重い意味を含めた言葉だ。運命の番というのは。

言葉よりも、声よりも先に、本能で求め合う。

そんな関係がほんとうにこの世に存在するとは思わなかった。

ついさっきまでは。

充分に温まったところでバスルームを出て、ふわふわのタオルで身体を拭(ぬぐ)い、丈の長いガウンを纏(まと)う。

ベッドルームは遮光カーテンが引かれ、薄暗かった。

「一仁さん……?」

彼を襲った衝動は思っていたよりも大きかったらしい。一仁は綺麗なシーツに替えたベッドですうすうと眠り込んでいた。

大人の男が無防備に寝ている姿を目の当たりにし、思わず笑ってしまった。

一仁も気を張り詰めていたのだろう。自分だってそう変わらない。

そのことに安心して彼の隣に身をすべり込ませると、低く呻いた一仁が悠乃の身体に手を回し、引き寄せてくる。

抱き枕になった気分だ。

肌を許したけれど、これが、『好きだ』ということになるのかどうかは、まだわからない。

ただ、抱き合って眠ることはできそうだ。

いまの気持ちをを無理に言葉にしようとすると壊れてしまいそうだから、悠乃は口を閉ざし、絡みつく腕に頬を押しつけた。

真夜中に目を覚ましたとき、腕が解かれていなかったら、そのとき初めてこの想いに名前をつけられるかもしれない。

――その前に、腕が痺れたって言い出しそうだけど。

ちいさく笑って、悠乃は彼のほうに身体を擦り寄せる。

不意に、カイのことを思い出す。

毎日ログインしていた『アルトラスエンド』だが、今日ばかりはそうもいかない。

カイに片恋していたはずなのに、今日知り合ったばかりの男と抱き合った。ひとは自分を不実だと詰るだろうか。

カイはあくまでもゲームの中でしか会えない人物だ。ＮＰＣではなく、自分と同じようにリアルを生きている人間が動かしているとはいえ、キャラクターに想いを寄せている事実は、他人から見たらさぞかし滑稽だろう。

いまどきの少女漫画にだって描かれていないような幼い恋ごころ。毎週水曜の夜九時から会える男を好きになって、どうこうしようという明確なビジョンは見えていない。

とはいえ、やはり、ふたりの男を天秤にかけているような気持ちは落ち着かない。

自分はそこまでふしだらじゃないはずだ。

だいたい、セックスだってろくに知らないくせに。

ひとりはゲームの中に生きる人物。

もうひとりは現実で肌を触れ合わせた運命の番。

――どうしよう……。

どちらかをすっぱり諦めるには、どちらともまだつき合いが浅すぎる。

カイへの想いはすぐには消せないものだし、運命の番という生まれたての関係に全身を委ねる勇気もない。

意気地がないなと嘆息し、薄闇の中、ゆるくまばたきを繰り返す。

ゆらゆらした想いの行く先を見定めたい。

今度、カイに会ったとき動揺しないだろうか。普段どおりに喋れるだろうか。

一仁の胸の中で違う男のことを考えている自分を戒め、眠気に負けて瞼を閉じた。

とろりとした蜜のような夢の世界がそこまでやってきていた。

3

『最近忙しいようだけど、大丈夫？　身体の調子を崩してないかな。また一緒にプレイできるのを楽しみにしてるよ』

二週間ぶりに『アルトラスエンド』にログインし、いつも使っているトークアプリを開くと、セイル宛てにダイレクトメッセージが飛んできていた。

差出人はカイ。

申し訳なさが募って、すぐに返信を書いた。先週末は一仁と軽井沢に遊びに行っていたのと、勤め先のディーラーが顧客フェアを開催して忙しかったため、気持ちに余裕がなくてゲームに向き合う暇もなかったのだ。

『バタバタしていてログインできなかったんだ。ごめん。今夜はちょっとだけプレイしようと思ってるんだけど、カイはどう？』

会社から帰ってきてから夕食をとり、風呂に入ったあとそんなメッセージを送ると、すぐにトークアプリにカイが入ってくる。

『元気だった？　たった数日だけど、セイルは毎日ログインしているタイプだったから、なにかあったんじゃないかと心配になってしまって』

合成音声に微笑み、いいひとだなとあらためて思う。

「大丈夫。ちょっと……いろいろあって。あ、いま、リエンダル大陸に来た。釣りでもしない？　カイ」

『いいね、たまにはのんびりしよう』

牧歌的な大陸、リエンダルの大きな川沿いで会おうと約束し、早速ゲーム中のセイルを走らせる。

一仁と外泊した翌日は、丁寧に家まで送ってもらった。そのまま帰すのも悪い気がして、家に上がってもらい、紅茶を出した。

東京の下町、清澄白河（きよすみしらかわ）にある１ＬＤＫのアパート内を物めずらしそうに見回していた一仁に、「あまり見ないでください。狭くて恥ずかしいです」と照れると、「とんでもない、とても綺麗にしているじゃないか」と微笑まれた。

そのあと他愛ない話をし、互いに連絡先を交換してから、一仁は熱っぽいキスを悠乃のくちびるに残して帰っていった。

そのくちづけは軽井沢で、より甘さを増した。いまでも、白樺（しらかば）に隠れて交わしたキスを思い出すと胸の奥がじんわり熱くなる。

こんな感覚は初めてだ。

いままではただただ刺激を求めてゲームに浸っていたのに。

現実の世界がゲームよりも強い作用を及ぼしてくるなんて、思ってもいなかった。

きらきらとした陽射しがまぶしい川沿いでたたずんでいると、「お待たせ」と声がかかる。カイだ。

「待ったかい？」

「ううん、ぜんぜん」

スペシャルレアアイテムのひとつと言われる銀の甲冑シリーズで身を固めたカイが釣り竿を持ち、川沿いを歩いていく。

「レベリングも楽しいけど、釣りや手芸に励めるのもこのゲームのよさだよね」

「うん。たぶん、こういうメインルート以外の楽しみがなかったら、僕、続けてなかったかも。決まったルートを突き進むのは楽しいけど、たまに疲れちゃうこともあるから」

「確かにね。そうそう、あとで俺が編んだミトンをプレゼントするよ、防御力が高いんだ」

「カイ、すごい。手芸でも腕を上げるなんて」

ああだこうだと言い合いながら、ここぞというポイントを決めて腰を下ろし、釣りを始めた。

釣り針を投げ入れると、一定の間隔で魚が食いついてくる。雑魚ばかりだが、たまに大物がかかることもあって結構楽しい。

釣りでもランキングがあり、大物を釣り上げたプレイヤーは毎月表彰される。

月に一度の釣り大会ともなると、報奨金やレアアイテムのプレゼントもあったりするので、参加するひとが大勢いるのだ。

「セイル、今度、一緒にコーディネイト大会に出ないか？　ペアでの優勝賞品が黄金の盾なんだ」

「え、それめちゃめちゃレアだよね。出てみたいけど……僕、まだそこまでのレベルじゃないし」

「この釣りで大物をヒットできたら、報奨金も出るし、名声欲も上がる。街の美容室に行けるようになるよ」

「そっか、じゃあ頑張ってみる」

ただの暇潰しとしか思っていなかった釣りに、俄然（がぜん）やる気が出た。ゲーム内で使えるお金やレアなアイテムをカイからプレゼントされたことは何度かあったが、やはりセイル自身がレベルや名声欲を上げないと突破できない壁がある。

アジ、イワシと小物が続いたあとに、大きなタイを釣り上げた。

「やった！　タイだタイ、初めて釣れた！」

「大きいじゃないか！　やったねセイル。早速釣り本部に連絡に行こう。これできみの名声欲も上がる」

「ありがとう、つき合ってくれて」

自分のことのように喜んでくれるカイに笑いながらも、ちくりと胸を棘（とげ）が刺す。

――僕ね、じつはオメガなんだ。それで、この間生まれて初めて運命の番と出会ったんだ。

ゲーム内ではアルファもベータもオメガも関係ない。申告する必要もないし、そもそも、男女の性別だって自由に変えられる。

だけど、きっとこころの広いカイは実世界でもアルファなのだと思う。言葉や態度に余裕があるのだ。

そんな彼にひそかに好意を抱いていたのに、実世界では生嶌一仁という男に抱かれた。

最後まで繋がってはないけれど、また会おう、と彼は言っていた。

「あのさ、カイ。……変な話、していい？」

「どんなことでも」

釣り本部に成果を連絡したあと、ふたりでぶらぶらと街の中を歩いた。

「……じつはさ、僕……いままで言ってなかったけど、……オメガなんだ」

「そうなのか。だったら、リアルのセイルもきっととても美しくてやさしい子だろうね」

楽しげに笑うカイの声に欺瞞は感じられない。そのことに勇気づけられ、もう一歩踏み込むことにした。

「でね、その……運命の番だっていうひとに出会ったんだ」

「ほんとうかい？」

合成音声が跳ね飛ぶ。いつもは落ち着いた物腰のカイも、この告白には驚いたようだ。

「ほんとう。僕自身、なんと言えばいいかわからないぐらい舞い上がってしまって……カイは運命の番の存在を信じる?」

「ああ、信じてる。俺自身、いつかたったひとりの番と出会えるんだと願っているよ」

その言葉ぶりからして、やはり彼はアルファなのだと確信した。

「その番とは連絡先を交換したかい?」

「うん、メッセージのＩＤを交換した。でも、まだどこか信じ切れない自分もいるんだ。目と目が合っただけで生涯をともにする相手が見つかるなんて」

「その気持ちもわかるよ。でも、ひと目惚れって言葉があるじゃないか。そんなものをセイルは経験したのかも」

思いやりに満ちた言葉を反芻しながら、でも——でも、と、思う。

——僕は、カイ、あなたが好きなのに。この気持ちに嘘はないはずなのに。

ゲームの中でしか会えないひとを想うなんて、非現実的だ。

ただ、カイとてこの同じ空の下のどこかで暮らしているのは間違いないのだから、一歩勇気を出して、「カイに会いたい」と言えば、叶わなくもないだろう。カイのほうがどう思ってくれているかわからないが。

ふたりの男の間で揺れているおのれを不誠実だなと諌める。

「とりあえず、次に会う約束をセイルから取りつけてごらんよ」

ベンチに腰掛け、長い足を揺らすカイに、「僕から?」と声を跳ねさせた。

「自信ない。誰かを誘ったことってないんだよ、一度も」

「デートの経験は？」

「……ない」

「なんでもトライアンドエラーだ。相手はセイルを運命の番だと信じているんだし、悪いようにはならないよ。さあさあ、スマートフォンを手にして。アプリを起ち上げて」

「どこに誘えばいい？」

「いまだったら楽しいラブコメの洋画がちょうどやってる。単発物だから、誰でも楽しめると思うよ。デートにうってつけだ。こう言えばいい。『今度の土曜の午後、空いてますか？　もしよかったら、僕と映画を観に行きませんか。楽しいって評判のラブコメ映画があるって聞いたんです』……打ち込んだ？」

「待って、待って、まだ途中」

言われるがままにメッセージアプリから一仁宛にメッセージを送ることにした。

『この間はありがとうございました。突然のお誘いすみません。今度の土曜日、僕と映画に行きませんか？　ラブコメでおもしろい映画があるって聞いたので、一緒に観たいなと思って。お返事待ってます』

文面を何度も何度も見直し、誤字脱字がないか、失礼な誘い方になっていないかチェックした。しまいには声に出して読み上げ、カイに、「上出来」と褒められた。

そういえば一仁も面倒見がよくて、世話好きっぽいところがあるな、なんてつい思い浮かべてしまった。

「こんなに誠実なメッセージをもらって落ちない男はいない。俺が保証する。送った？」

「いまから。……送、信、した」

長細い画面の中に、自分の書いたメッセージが表示されるなり、いますぐ消去したい気分に駆られてしまう。

嘘です、嘘です、冗談です。僕から誘うなんておこがましかったです。

「もうすぐ相手から返事が来るよ、待っててごらん」

「カイ、自信あるね」

「そりゃね。セイルのことは誰よりも応援してきたから」

その応援とは、やはり友情の範囲を出ないものなのだろうか。

強欲なことを考えてしまう自分が情けない。

あっちもほしい、こっちも気になるなんて無茶な話だ。そんな想いが露見したら、どちらにも愛想を尽かされてしまう。

カイの言うとおり、返事はすぐに来た。

ぽこん、という着信音とともにメッセージが表示される。

『こんばんは、この間はとても楽しかった。きみから誘ってくれてとても嬉しいよ。私のほうから次の約束を取りつけようと思っていたんだが、この間のこともあったから、強引になっていないかと気になって』

そこでいったん文章は途切れ、また、ぽこんとメッセージが表示される。

『あらためて、映画、一緒に行きたいな。土曜の午後はもちろんオーケー。場所はどこにする？　新宿か、池袋か、渋谷とか。新宿だったら、美味しい焼き肉屋があるから、映画鑑賞後に食べに行くのはどうだろう』

『いいですね。じゃ、僕のほうで昼過ぎの回のチケットを押さえておきます。待ち合わせの時間はまたあとで連絡しますね』

『待ってる。楽しみにしているよ』

文章のあとに、可愛く描かれた犬が飛び回るスタンプが表示されて、思わず笑ってしまった。

「カイ、オーケーだって」

「ほら、俺の言ったとおりだろ？」

自信満々に胸を反らす戦士に苦笑し、「ありがとう」と礼を告げる。

「カイに相談してよかった……誰にも話せなかったから」

「俺ならいつでも話を聞くよ。さ、いい報告がてら、ちょっと敵を狩りに行こうか」

「いいね。小一時間プレイしたい」

立ち上がって、ふたりして街の外に広がる草原を目指す。

抗えない衝動で出会ったリアルな一仁と、一緒にいて落ち着くゲームの世界のカイと、どちらがほんとうの『好き』なのだろうとふと思う。

似て非なるもの。

ふたつの想いは、近いようでいて遠い気がする。

4

「あ、悠乃くん、こっちこっち」

映画館内のフードエリアで、手を振る一仁に駆け寄った。

「お待たせしてすみません」

「ぜんぜん待ってないよ。私もいま来たばかりなんだ」

土曜の二時、悠乃はパウダーピンクのTシャツにジーンズを合わせ、財布、スマートフォン、ハンカチといった小物をボディバッグに詰めて斜めがけにしていた。

片や一仁はというと、上質のリネンコットンでできているらしい鮮やかなブルーのシャツに、洒脱な印象の強いトラウザーパンツといった装いで、さすがは社長、オフでもしっかりしているんだなと見とれてしまう。

「悠乃くんの可愛い容姿にそのピンクはよく似合うね。この間のフォーマルスーツもよかったけど、私服も最高だ」

「褒めすぎですよ。一仁さんこそすごく格好いい。バリバリのやり手社長の優雅なオフスタイルって感じです」

「きみに好印象を持ってほしくて、クローゼットの前で一時間も悩んだよ。なにかドリンク買う？　ポップコーンは？」

「買います。ポップコーンも食べたい」

「じゃ、塩味とキャラメルのハーフ&ハーフにして、一緒に食べよう。私が買ってくるよ。飲み物はなにがいい？」

「ウーロン茶で。ありがとうございます」

フードを買いに行く男のしゃっきりとした背中を見ていると、なんだか優越感がこみ上げてくる。

——彼が僕の——運命の番っていうだけで、こんなにも他のひとと違って見えるのか。一仁さんだけが際だって特別な気がする。どうしたって目が離せない。

他のひともそうらしい。フードを買う列に並ぶ一仁をこっそり盗み見ては頬を染める女性やそわそわする男性もすくなくない。

だけど、一仁はあらゆる視線をものともせず、まっすぐに悠乃のもとへと戻ってくる。

「お待たせ。じゃ、行こうか」

「はい」

大きなバケツに塩とキャラメル味のポップコーンが山盛りになっている。それをコンテナにドリンクと一緒に入れた一仁とともにシアター内に入った。人気があるタイトルらしい。多くあるシアターでも一番大きなスクリーンだ。

中央から少し上側の席に並んで座る。スクリーンの真正面になる位置だ。

互いの間にフードコンテナを置き、ポップコーンに手を伸ばす。普段の生活ではほとんど食べないスナック菓子が、映画館となるとやけに美味しく感じられるから不思議だ。映画の予告を観ながら塩味を続けて食べていたら、甘い味もほしくなった。腕を伸ばすと、一仁の手と軽くぶつかる。そろって同じことを考えていたらしい。

「違う味がほしくなった？」

「一仁さんも？」

「うん」

薄闇の中、一仁がくすりと笑う。そしてポップコーンに伸ばしていた悠乃の指先をやさしく握り締め、口元へと運ぶ。

ちゅっと甘やかな音を立ててくちづけられ、顔から火が出そうになった。

他愛ない仕草でもくらりと来てしまうのは、運命の番ならではだろうか。

「もう……」

「可愛いきみが悪い」

気恥ずかしい言葉もさらりと言う一仁は二度三度指先にくちづけてから、離してくれた。

「いまは映画とポップコーンが先だね」

「……ですね」

予告が終わり、本編が始まる。

楽しげなBGMにこころ惹かれながらも、キスされた指先がほんのり熱かった。

「……あー、おもしろかった」

「評判どおりだったね。テンポのいいラブコメにスリルもあってのめり込んだよ」

「妻がスパイで、夫が刑事って設定、他でも見かけたことがあったけど、これは当たりでしたね。アクションのキレもよかったし」

「確かに」

映画を観終わったあとは、近くのカフェでああだこうだと語り合った。

観賞後に、誰かと語り合う時間ほど楽しいものはない。

同じ時間を共有するのが好きなのだとあらためて思う。

『アルトラスエンド』もそうだ。あの場で誰かと一緒に戦い、語らう時間は悠乃にとって大切なものだ。

立場や年齢、性別を超え、ともに過ごすことのできるメンバーがあそこにはいる。

リアルで会うことはないだろうけれど、逆にそうだからこそ信じられるところもある。

実際に顔を合わせなくても、バトル中の行動で信頼を得ることができるのだ。

助け合い、支え合う。いい大人がゲームなんかにハマって、と笑うひともいるだろうが、悠乃にとっては大切な居場所だ。

だけど、もうひとつ新しい居場所ができた。それは目の前にいる男が作ってくれた。

一仁はリアルに話せるし、触れ合える。ひとの温もりというのは思いのほか安堵をもたらしてくれるものだった。

とはいっても、一仁とはまだ出会ったばかりだ。肌を重ね合ったものの、互いに深いところまで知らない。

「今日の記念になにかきみにプレゼントしたいな。なにかほしいものはある？」

「ほしいもの……」

問われてもすぐには思い浮かばない。

ほしいもの、ほしいもの。

――『アルトラスエンド』で最強と言われる、二本の剣がかち合うプラチナリングがほしい。どんな魔法も弾くし詠唱できるうえに、おまけにＭＰもぜんぜん消費しない、こころ強いアイテムだ。

そんな想いが頭をよぎるが、まさか口にできるはずもない。一仁はきっと『アルトラスエンド』のことなどみじんも知らないだろうし。そもそも現実に存在しているアイテムではない。

剣のリングがほしいなんて言われても、困るだけだろう。どこの小中学生かと笑われる可能性もある。

「とくには……思いつかないです」

「だったら、ネクタイでも贈ろうか。カーディーラー勤めなら、服装にも気を遣うだろう？　いい店を知ってるからこれから行こう」

誘われてカフェを出て、百貨店へと向かう。

土曜の昼間、メンズフロアは賑わっていた。

悠乃は普段、百貨店にはめったに来ない。ここに並ぶのはハイブランドばかりで、仕事用のネクタイを探すには不向きだ。

一仁は確信を持った足取りでとあるショップに入り、美しく陳列されているネクタイを手にする。イエロー、ペールブルー、フーシャピンク。見ているだけなら楽しい色柄だが、ほんとうにそんな目立つものを自分が着けるのだろうか。

一仁はにこにこしながら、一番華やかなフーシャピンクのネクタイをあてがってくる。

「うん、これが似合う。きみの可愛い顔に華やぎを添えてくれると思う」

「こんな色、締めたことありません」

「なんでもトライだよ。騙（だま）されたと思って締めてごらん。絶対に似合うから」

言われたとおり、首に巻いてみると、意外にもしっくり来る。すこし陰のある相貌に輝きを与えてくれるようだ。しなやかな生地が物めずらしくて扱いてみると、裏側にある値札が見えて目を剝いた。

「五万円……こんなに高いんですか」

「いいネクタイはそれなりの価格だ。きみとの初デート記念にこれを贈ろう」

「え、でも。そんな」

「気にしないでくれ。これを締めて仕事に励んでもらえたら私も嬉しい」

笑顔の一仁が会計を終え、細長い箱が入ったショッパーを手渡してくる。

「こんな高いもの……そう簡単に受け取れません。僕からもなにかお返ししたいです」

「ほんとうに気にしなくていいのに」

可笑しそうな一仁に、「でも」と言い募ると、いたずらっぽい目が煌めいた。

「なら、こうして、またデートをしてほしい。きみと私は離れられない仲だが、本能以外、常識的な範囲のことも知りたいだろう。たとえば私はカレーが好きで、週に一度は自分で作るとか」

「一仁さん、自炊するんですか。社長業だし、外食がメインだと思ってました」

「そうなんだよ。週のほとんどは会食になってしまう。もちろんどこも美味しい店だが、たまには下手でも自分で作ったものを食べたい。お茶漬けやお粥でもいいんだ」

「カレーは甘口派ですか、辛口派ですか」

百貨店を出て、駅を目指す途中もカレー談義に花が咲いた。

「断然辛口派。もう食べてる最中から汗が噴き出るほどの辛いカレーが好きだね。悠乃くんはカレー好き？」

「大好きです。中辛ぐらいが好みかな。ジャガイモやニンジン、タマネギを無心になって切ってる時間が好きです。タマネギは透明になるまで炒める派ですか？　僕は炒めるほう」

「私は簡単に炒めてじっくり煮込む派かな。今度、お互いにカレーを作ってごちそうし合うのはどうだろう。いや、今夜どうかな」

「また急ですね」

「善は急げと言うじゃないか。うちにおいで。帰りがけにスーパーで買い物して、一緒にカレーを作ろう。味はきみ好みの中辛で」

「わかりました。お肉と野菜ゴロゴロの美味しいカレー作りましょう」

言っているそばからお腹が空いてきた。ほんとうはこのあと焼肉屋に行く予定だったが、急遽、一仁の家でカレー作りに変更だ。

そのフットワークの軽さは嫌いじゃない。

むしろ、どんな展開が待っているのかと思うとわくわくしてくる。

彼と一緒に電車を乗り継ぎ、麻布に着いた。

都心の一等地は、社長業である一仁にふさわしい。周囲は各国の大使館も点在しているだけに、警察官が多く、治安は守られていそうだ。

駅から歩いて五分ぐらいのところにある高級スーパーに入り、緑の籠を持つ一仁とジャガイモやニンジン、タマネギを手にする。

「肉は豚？　牛？」

「僕はいつもポークカレーですけど、一仁さんは？」

「私はビーフカレーだな」

「じゃ、ビーフにしましょうか。カレーのルウは中辛にしてもらうし」

いつも買っているルウの箱を籠に入れる。フリルレタスとトマトも一緒に。

「スープはインスタントでいいか。コンソメスープはどう？」

「賛成です」

話し合いながら食材を籠に放り込み、デザートはメロンにすることにした。

レジ袋に詰めたそれを手分けして持ち、一仁のマンションを目指す。

スーパーから徒歩二分ほどのところに彼の住まいはあった。

低階層のマンションで、航空母艦のような悠然としたたたずまいだ。

四階建ての最上階全部が一仁の部屋と知ったときはさすがに驚いた。貿易会社の社長だけあって、住まいも堂々としている。

コンシェルジュのいる玄関を通り抜け、専用カードキーを使ってエレベーターに乗り込む。

案内されたのは、部屋がいくつあるかわからないほどの広い空間。

半円形の玄関だけで、ひとひとり暮らせるんじゃないだろうか。

「すごい……ここ、いくつお部屋があるんですか？」

「７ＬＤＫかな。仕事柄、海外からのゲストを招いたときに泊まってもらうこともあるんだよ。私が実際に使っているのは仕事部屋と寝室、浴室、リビングぐらいのものだけど。

さあ、遠慮せずに上がって。キッチンはこっち」

広々としたリビングルームとアイランドキッチンは続きになっていて、開放感にあふれていた。南向きらしく、さんさんと降りそそぐ陽の光で室内が満たされている。

ヨーロピアンの調度品でまとめられた部屋は品があって落ち着く。壁には花の水彩画が掛けられており、コーナーにはアンティークらしいティーカップが飾られていた。

「素敵なお部屋ですね」

「ありがとう。カップ蒐集(しゅうしゅう)が好きで、海外出張の際はよく蚤(のみ)の市をのぞいて、ひとつふたつ買って帰ってくるんだよ」

しっかりエアコンを効かせているから、室内は過ごしやすい。

「ビールもワインもあるし、好きなものを飲んでほしい。とりあえず、カレーを作ろうか」

「そうしましょう」

「きみにはこの黄色のエプロンを。私は青のエプロンを着けよう」

キッチンボードに男ふたりが横に並んでもまだ余裕がある。

まな板を二枚置き、エプロンを着け、分担して下ごしらえしていく。

ピーラーでニンジンの皮を剝く横で、一仁はタマネギを刻んでいる。

新鮮なタマネギだったらしい。ぐすっと鼻を啜った一仁が涙ぐんだ目で振り返る。

「参るな、タマネギに勝てたためしがない」

「僕が刻みましょうか？」

「いや、大丈夫だ、あともうすこし……」

うう、と呻きながら包丁を握り直す男にくすくす笑った。

完璧な大人の男にも弱点があるのだと知ったら、なんだか胸が温かい。

いつも自分で作る際はタマネギが飴色になるまで炒めるのだけど、今日は一仁流だ。

牛肉を深鍋で炒め、タマネギ、ジャガイモ、ニンジンを入れてさらに火を通す。タマネギが透明になってきたら水を足し、煮込む。

その間に一仁が米を研ぎ、炊飯器にセットしていた。

「早炊きでも美味しく炊けるんだ。この間買ったばかりなんだよ」

「へえ、いいですね。僕もそろそろ炊飯器を買い直そうと思ってたから、同じのにしようかな」

カレーを煮込んでいる合間にウーロン茶を飲みながら今日観た映画の感想を言い合う。同じ映画を観ていても、思わず見逃していた場面や解釈違いなどを話すことができて楽しい。一仁は記憶力が抜群なようで、ヒロインの履いていた靴の色まで覚えていた。

「真っ赤なドレスに最初はベージュのパンプスを合わせていただろう。でも、自分がスパイだと夫にバレそうになったときにはブラックのパンプスに履き替えていた。しかも踵（かかと）の高いタイプ。あれで蹴り込まれたら一発でおだぶつだよね」

「確かに。でも、ハッピーエンドでよかったですね。妻がスパイだというのは結局秘密のままに終わって、それでも愛していくという結末にほっとしました。あれ、続編作られないかな。このあとどうなるか想像するだけでおもしろいし」

「ね。ああ、ごはんが炊けたようだ」

「じゃ、僕はサラダとスープの用意をします。カレーは一仁さんにお任せしてもいいですか?」

「了解」

フリルレタスを丁寧に洗い、キッチンペーパーで水気を拭き取る。真っ赤なトマトはくし切りに。ガラス製のボウルに盛り付ければ立派なサラダのできあがりだ。インスタントのコンソメスープをカップに入れお湯を注ぎ、これもすぐに完成だ。

「できました。テーブルに運びますね」

「私のほうも完璧だ。ビールにする?」

「ですね」

夏の夕暮れ、窓の外はまだ明るい。

六人掛けのテーブルにランチョンマットを敷き、料理を並べていく。

できたてのカレーは食欲をそそる匂いがして、お腹が鳴りそうだ。

よく冷えた缶ビールを一仁が手元に置いてくれたので、カシュッと音を立ててプルタブを引き上げる。

「初めての共同料理完成に乾杯」

「乾杯！」

笑いながらビール缶の縁を触れ合わせ、一気に半分ほど飲み干した。

「っあー……美味しい。夏場のビールは格別ですよね」

「同意だ。さてと、カレーの味は？　……ん、美味い、めちゃくちゃ美味い」

ひと足先にカレーを頬張った一仁が目を瞠る。市販のカレールウを使っただけだが、楽しくふたりで作ったせいだろうか。

爽やかな辛みのあるカレーを頬張り、ビールをごくごく呷る。

「うん、美味しいです」

「大成功だね」

食べている最中にも汗が噴き出してくる。簡単にひと皿目を平らげ、お代わりをした。

「多めに作っておいてよかったよ」

くすっと笑う一仁がたっぷりとカレーを盛った皿を渡してくれた。

「夏にカレーっていいですよね。夏バテにぴったりです。いろんなスパイスで元気が出そう」

「だね。キムチ鍋なんかもいいよ。鍋っていうと冬場の食べ物ってイメージだけど、夏に汗をかきかき食べるキムチ鍋やもつ鍋もオツだ。今度一緒に食べよう」

「ぜひぜひ」

デザートのメロンは悠乃が切り分け皿に盛りつけた。

みずみずしくしっとりした甘さは癖になりそうな味わいだ。

「お腹いっぱいだ……満足したよ。悠乃くんは？」

しあわせな気分でうつらうつらしていた悠乃は瞼を手の甲で擦り、「……もう、眠いです」と本音を漏らす。

空腹が満たされたら幸福な眠気が訪れる。

このまま帰ったほうがいい。そう思うのだけど、身体がふらつく。

ビールも二本飲んだからほろ酔いだ。

「……帰ります……」

「そんなにふらふらで？　今日は泊まりなさい」

「でも……なにも用意してないし……」

「大丈夫。ゲストルームもあるし、着替えや歯ブラシの類いもあるよ。私に任せて」

やや思案したのち、こくんと頷いた。

この眠気にはどうあっても勝てそうにない。

「まず、お風呂に入ってきたらどう？　カレーを食べて汗をかいただろう」

「だけど、後片付け……」

「私がやっておくよ。きみはのんびりバスタブで足を伸ばしておいで」

「すみません、ありがとうございます……」

なにからなにまで至れり尽くせりで感謝の言葉しか出なかった。

ふああ、とあくびしながらバスルームに向かう。すでに新しい湯が張ってあるバスタブ近くにはさまざまなボトルが並んでいた。ラベンダーのバスオイル、セージのバスソルト。グレープフルーツやミントもある。このままぐっすり眠りたかったから、セージのバスソルトを使わせてもらうことにした。

ざらりとした塩をお湯に溶かし込み、服を脱ぐ。

ざっとシャワーを浴びてからバスタブに足を入れ、ほっと息をついた。バスルームの壁は綺麗なレモンイエローだ。自分の家の狭いバスタブと違って、のびのびできる。

胸までゆったり解れるようなセージのやさしい香りを吸い込む。

——今日は普通に泊まるだけなんだろうか。

ふとそんなことを考え、ひとり顔を赤らめた。

身体の関係が先走っているから、どうしても淫らなことに頭がいってしまう。

ついでに言えば、今日も『アルトラスエンド』にはログインできない。

カイにはあらかじめ、『番と会ってくる』と伝えてあるから無用な心配をかけることはないだろう。

とはいうものの、ふたりの男の間で揺れている事実がバレて詰られるようなことがあったら、言葉に窮してしまうようなやましさがあるのは否めない。

だけど、やっぱり実在する一仁は特別だ。声も合成していないし、顔や手に触れることもできる。さっきは一緒にカレーも食べた。

――だったら、このあとも……。

ふわりとのぼせそうになりながらバスタブを出て、丁寧に身体を洗う。爪の先まで念入りに。

髪もすっきりするまで洗い終えたところで外に出た。

サニタリールームの洗面台にはやわらかなコットンでできたTシャツとハーフパンツ、新品の下着が置いてあった。一仁が用意してくれたのだろう。

ありがたくそれを身に着け、ドライヤーで髪を乾かす。シャンプーとコンディショナーが違うせいか、髪はいつもより指通りがいい。さらさらした髪を整え、ドライヤーのスイッチを切ったところで、リビングにひょこりと顔を出す。

「お風呂お借りしました。ありがとうございます」

「どういたしまして。のんびりできた？」

「とっても。セージのバスソルトを使わせてもらいました。すごくいい香りですね、あれ」

「私もお気に入りなんだ。さてと、ゲストルームに案内するよ。こちらへどうぞ」

一仁のあとをついていき、ひとけのない部屋に通された。

まるでホテルのようだ。ダブルベッドとテレビ、サイドボードが設置され、つくりつけのクローゼットがある。

「冷蔵庫もあるよ。一応ここにミネラルウォーターを入れておいたから好きなときに飲んで」

「ほんとうにありがとうございます」

シックなネイビーとブラウンでまとめられたゲストルームをきょろきょろ見回し、ぽすんとベッドに腰掛ける。寝心地は抜群だろう。

「明日もやすみだろう？　ゆっくり寝るといい。十時を過ぎたら起こしに来るよ」

「わかりました。ほんとうにいろいろとすみません」

「好きでやってるだけだから気にしないでくれ。おやすみ」

「おやすみなさい」

扉が閉まると、部屋は途端に静まり返る。

自分の家とは違う静けさがどことなく落ち着かない。

何度も寝返りを打ったが、眠気はどこかへ去ってしまったみたいだ。

暗闇の中でまばたきを繰り返す。聞こえるのは自分の心音だけ。

深く息を吸い込み、吐き出す。そうこうしているうちにますます目が冴えてきて、諦めた悠乃は枕を抱きかかえ、廊下に出た。

一仁はもう眠ってしまったのだろう。広い家はどこもかしこもしんとしている。

ゲストルームの斜め前にある扉にあたりをつけ、そっとノックをしてみた。返事はない。

きいっとドアバーを押し開けば、薄い灯(あか)りが漏れ出てきた。

一仁のベッドルームだ。まだ起きていて、本を読んでいるようだ。

「……一仁さん」

呼びかけながら室内に入ると、「悠乃くん？」と返ってくる。

「どうしたんだい、眠れない？」

半身を起こした彼に近づき、こくりと頷く。

「なんか緊張していて……」

「ゆっくりしてくれていいのに」

苦笑した一仁がぱっとタオルケットを開く。

「おいで」

「……ん」

誘われるまま、彼の隣に身体をすべり込ませた。

温かい。

人肌を感じるだけで、遠のいてた眠気が舞い戻ってくるようだ。

古い本らしい、色褪せた紙の本をめくっている男の腕の中で、「なに読んでるんですか」と訊いてみた。

「沢木耕太郎の『深夜特急』だよ。知ってる？」

「初めて聞きました。どんな本ですか」

「だいぶ昔の本なんだが、二十六歳の若者がある日なにもかも放擲して、日本から遙か遠いロンドンを目指して旅をするという私小説だよ。これがおもしろいんだ。土地が変わるとひとも変わる。とくに私が好きなのは一巻かな」

「どんなところがお気に入り？」

「香港に取り憑かれて、ずぶずぶとはまっていくところかな。話としては序盤中の序盤なんだが、あの煌びやかな街の虜になる様がおもしろくてね。私も仕事で何度か訪れたが、ほんとうに刺激的なんだ。ぎらぎらしたネオンは日本じゃお目にかかれないものだし、屋台の食べ物も美味しい。上海ガニが絶品なんだ」

「へえ……行ってみたいな」

「今度一緒に行こう。同じアジア圏でも、まったく違う文化が楽しめるよ」

彼の胸に頭を擦り寄せながら、うん、と頷く。

『アルトラスエンド』ではカイとどこまでも知らない土地を旅するが、一仁とは実在する場所に一緒に行ける。

いいな、と思う。

この空気感がとても心地好い。

冷房の利いた部屋の中、一仁にゆるく抱き締められながら異国の話を聞く時間はとてもしあわせだ。

すこしずつ、一仁に惹かれていく自分を否めない。

もとより、運命の番なのだから抗う術はないのだが、それでも、理性はまだいくらか残っている。

オメガの本能で求める部分もあれど、こころから一仁を受け入れていく自分が、いま、ここにいる。

「一仁さん……」

「ん？」

やさしい声を聞くと、甘えたくなってしまう。

上目遣いに彼を見ると、ぱたんと本を閉じた彼が額にちゅっとくちづけてきた。

「まだ眠れない？」

「……はい」

「じゃ、よく眠れるおまじないをしてあげようか」

「おまじない？」

一仁が爪先を絡めてくる。

そしてタオルケットをばさりと頭の上までかぶせ、薄闇の中、こつんと額をぶつけてくる。

「ちょっとエッチなおまじない」

「……っ」

息を呑んだ刹那（せつな）、くちびるが熱でふさがれる。

「ん……っぁ……」

「きみがずっとほしかった」

蠱惑的な声で囁かれると抵抗できない。

爪先をすりすりと擦られ、変な気分になってくる。

じゅうっと舌を吸い上げられ、搦め捕られる。

疼く舌を甘く吸われると、それだけで頭がぼうっとなる。

キスがうまいのだ、一仁という男は。

口内を舌でまさぐられる。上顎をちろちろとくすぐられると、呻き声とともに勝手に腰が揺れてしまう。それがわかったのだろう。一仁はもっと大胆に舌を絡めてきて、うずうずと擦り合わせる。

「……ぁ……っん……」

枕を抱えてこのベッドルームに入ったときから、こうなることをどこかで期待していたのかもしれない。

運命の番と言うならば、それを身体の相性のよさでも確かめたかった。

彼に抱かれたら夢見心地になることはすでにわかっているけれど。

以前抱き合ったときは、最後まで繋がらなかった。

だけど、今日は違うかもしれない。舌を淫靡に吸われながら抱き寄せてくる手の力でわかる。

一仁は本気だ。

「きみがほしい。いいか?」

すこし迷ってから、かすかに頷いた。

自分だって一仁のことが知りたい。ほしい。最後の最後まで教えてほしい。

オメガと言えど男だから、痛みを感じるかもしれないが、それでもいい。ある日突然目の前に現れて、『きみは運命の番だ』と言い切った男のすべてが知りたかった。

身体を繋げてもなお、ほっとして隣で眠れるような男であれば、ほんとうに運命の番だと信じられる思う。だいたい、悠乃は枕が変わると途端に眠れなくなるのだ。

舌を吸い合い、とろりとした唾液を呑み込んで彼の胸に両手をあてがう。とくとくと速い鼓動が伝わってくる。

自分だけじゃない――一仁も興奮しているのだと知ったら嬉しくなった。

口腔をたっぷり蹂躙してから、形のいいくちびるはつうっと首筋を這っていく。

「あ……」

掠れた声を漏らすのと同時に首筋を食まれ、軽く歯を立てられる。

気持ちいい。

うっとりとなる悠乃からTシャツを剝がした一仁が舌舐めずりして胸に吸いつく。

ちいさな尖りは一仁のくちびるでついばまれ、真っ赤に熟れていった。

「や……ぁ……あぁ……っ……ん、そこ、だめ……」

「だめというのは、ほんとうのだめ？　それとも、気持ちいいからだめ？」

「う、……う……」

「言わないとやめてしまうよ」

「……気持ちいい、から……だめ、です……んんっ！」

強く吸い上げられ、思わず胸を反らしてしまう。ますます無防備になる胸に一仁は執着し、こりこりと嚙み転がし、舐めしゃぶる。

彼の口の中ですっかり育った乳首をちろっと舐め上げられただけで、腰の裏がぞくんとたわむほどの快感がほとばしる。

「あ……あ……っ」

「もっとしてほしい？」

「ん……して、ほしい……」

蕩けた意識ではなにも考えられない。

ずきずきするほどの快感を孕んだ乳首をもっと強く嚙んでほしくて、腰がよじれる。

「大丈夫。今夜はきみのすべてを愛するよ」

むっちりと熟れきった乳首を親指と人差し指でつまみ、やさしくねじりながら一仁が囁く。

尖ったそこにふうっと息を吹きかけられるだけでぞくぞくする。

濡れた舌は胸から臍、そして下肢へと伝っていった。ハーフパンツを下着ごと脱がされると、びくんと肉竿がしなり出て、顔が熱くなるほどに恥ずかしい。

「ああ、きちんと感じてくれているようだ」

「んっ、あ、あ、や、ぁっ」

熱い舌がくさむらを焦れったくかき回し、するりと肉茎に巻きつく。

ぐっしょりと濡れた舌に舐め回されて、頭がおかしくなりそうだ。

いますぐ達してしまいそうなほどに。

「んーッ……んぁ、あっ、かず、ひとさん……っ」

口いっぱいに頬張られ、ぐちゅぐちゅといやらしい音が室内に響く。

もう、気持ちいいなんてものじゃなかった。

快楽の渦に放り込まれた悠乃は啜り泣き、身悶えるしかなかった。

身体の奥底で滾る熱を放出してしまいたい。だけど、一仁の口を汚すなんて嫌だ。

そんな葛藤を見抜いたかのように、一仁は先端の割れ目をちろちろと舐め啜り、愛蜜を誘い出す。

オメガだから、快楽を得た際の愛蜜はたっぷりとあふれる。

まるでおもらしをしたみたいな濡れ方に泣きじゃくったが、口淫は止まらない。くびれをちゅぷちゅぷと舐め回し、ずるぅっと根元まで舌を這わせていく。

「あっ、や、や、も……もう……っ」

「イきたいなら、私の口に出してごらん」

「だめ、です……っや……あぁっ!」

口輪の締めつけが強まり、もう逃げられなかった。

蜜の詰まった双果を片方ずつ舌でつつかれ、イきたくてたまらない。

「も……ぅ……だめ……だめっ……イっちゃう……！」

「……ん」

「あ、あ、イく、イく……！」

きぃんと稲妻のような快感が全身を走り抜けた途端、どっと放っていた。

「は……っぁ……あっ……」

息が切れ、視界がちかちかする。

「濃いな。溜めていたのかな」

ごくりと飲み干した男をまじまじと見つめ、かあっと顔を赤くした。

「の、んだんですか……僕の……」

「ああ、私の番の精液だ。また飲みたい」

「……ッそういうこと、真顔で言わないでください……！」

「おや。ご機嫌斜めになったかな？　これからもっとやらしいことをしようと思ってるんだけど」

「……やらしい、こと？」

「そう、すごくやらしくて、気持ちいいこと」

「どんな、ことですか」

期待と不安をない交ぜにして、声が上擦る。

そんな悠乃を前に、一仁は不敵に笑う。

「きみの身体に直接教えてあげる」

そう言って一仁はベッドヘッドの抽斗から細長いボトルを取り出す。なんだろうと目を凝らすと、「ローションだよ」と返ってきた。

「きみと出会った日からいつかこんなときが来ると思っていたから、準備しておいた」

「……えっち」

「そう、私はきみのことで頭がいっぱいなんだ。このローションには軽い刺激剤が入っている。きみへの負担もすくないはずだ」

とろりとした液体を手のひらに塗り広げた一仁がそうっと窄まりを探ってきた。

「ん……っ」

ほのかな違和感に声を上げた。

すりすりと指が窄まりの周囲を探り、やわらかに解いていく。くすぐったさと気持ちよさが混ざり合い、身体の奥底から快感を押し上げていった。

「かず、ひとさん……っ」

「気持ちいい？」

「ん……」

いまにも中に挿ってきそうな指に呻き、身体が強張る。そのことに一仁も気づいたのだろう。

「力を抜いて。悠乃くんを気持ちよくしてあげたいだけだから」

「は、……い」

できるだけ息を深く吸うよう努める。それでもまだ力が抜けなくて、一仁が甘くちづけてきた。

ついばむようにちゅっちゅっとやさしくキスされ、無我夢中で彼の首に両手を巻きつけた。

鼓動がはやる胸を合わせながら舌を絡めているうちに、濡れた指がぬぐぬぐと中へ挿ってくる。節のはっきりした長い指を中に感じ、否が応でも体温が上昇していく。

違和感は確かにあった。しかし、それよりも、長い中指で上壁を擦られる心地好さに夢中になった。そこがいい、すごくいい。

「そこ、あっ、あ——やぁ、……っん、く……っ」

「覚えておいて、ここがきみのいいところだ」

もったりと重く凝るそこを指の腹で擦られ、愛蜜とローションの助けもあってヌチュヌチュと音を響かせる。

疼く、というのはこういうことだろうか。

ぴりぴりする甘痒さはきっとローションの刺激剤のせいだろう。

それもあって余計にうずうずしてしまう。

もっとはっきりした刺激がほしかった。雄々しいものでそこを抉(えぐ)ってほしい。

達したばかりの性器がむくりと頭をもたげていた。

「感じてくれているようだな。嬉しいよ。中はどう？」

「い、……っ……いい、かも……」

「ほんとうに？」

「……ほんと、に……あ、んっ、んん、ゃぁ、そこ、ばっか……！」

指による摩擦がよすぎて、勝手に腰が揺れる。

出し挿れを繰り返されて身悶えし、泣きじゃくりながら彼の名を呼んだ。

「かずひと、さん……かずっ、ひとさん……っ……もう……っあ……」

「ああ、私もきみとひとつになりたい」

上体を起こし、一仁がTシャツから頭をすぽりと抜く。

鍛え抜いた身体に見入った。張り出した胸筋にそっと指を伸ばすと、しっかりと手首を捕らえられる。

左胸から伝わる速い鼓動にぞくぞくする。続いてあらわになった下肢もじっくり見てしまった。

「……おっきい……すごい、硬そう……」

「きみが気に入ってくれればいいんだが」

ちいさく笑った一仁が自身にローションを垂らし、ぬちゅりと根元から扱き上げる。

見事に反り返った雄をほんとうに受け入れられるのだろうか。

だが、彼もいまさらやめるつもりはないようだ。

窄まりがやわらかくなったのを確かめると、悠乃の両膝を抱え上げ、ぐっと腰を沈めてくる。

「——あ……！」

大きな亀頭がにゅぐりと挿り込んできた瞬間、息を止めて食い締めてしまった。

「こら、まだ序盤だぞ」

すこし苦しげに笑う一仁がローションをさらに足し、ゆるく腰を遣ってくる。

ねじり挿さってくる太竿が頭の中まで犯してくるようだ。

きつい、苦しい——でも気持ちいい。快楽の泉はひたひたとあふれ、悠乃を呑み込んでいく。

「あ、っ、ん、う……ぁ……っ」

奥までこじ開けられるような感覚がたまらない。

「……い……っ……いい……あっ……すごい……っ」

「気に入ってもらえたようだな」

ずくずくと穿ってくる男にしがみついた。

肉襞はしっとりと潤って一仁に纏わりつき、淫靡な涎を垂らす。

「一番奥まで挿っていいかな？」

「ん……っ！」

息を深く吐き出した一仁が激しく挿入してくる。亀頭でこじ開けられた媚肉は熱く火照り、ずちゅずちゅと淫らな音を立てながらふたりを結ぶ。

もう、止まれなかった。止めようがなかった。

「あっ、い、いいっ、ん――んァ、ッ、や、ん――……っ」

「喰い殺されそうだ」

「そんな――それは、ぼくの、せりふ……っぁっ、ァ、ッ」

ずくずく突き上げられ、もう声が止まらない。

しっかりした彼の腰を両腿で挟み込み、すりっと撫で上げる。

淫らな誘い方を無意識のうちに知っていたようだ、この身体は。

だんだんと深いところを抉ってくる男にしがみつき、リズムを合わせていく。腰を揺らすタイミングがずれたり、合ったり。

ぴたりと合ったときの快感がすさまじく、刻々と追い詰められていく。

「おねが、い、も、……っう、あ、あ、我慢、できな……っい……」

内側を擦られて達するなんて初めてだ。どことなく危うい感覚が悠乃を満たし、肉茎からも絶え間なく愛蜜があふれる。

「イきたい、イかせて……っ」

「きみの中に出していいかい？」

「ん、ん、出して、いっぱい、奥まで……あぁっ！」

激しい抽挿に声を嗄らし、ぐうっとのけぞった。

まばゆいばかりの絶頂感に呑み込まれ、どくりと放ちながら体内で一仁を食い締めていた。

「……っ」

どっと奥を目がけて撃ち込まれ、息が切れる。

苦しいほどの荒い息遣いをするのは、互いに同じだ。

「すごくよかった……きみを壊してしまいそうだったよ」

たっぷりと放たれた精液は飲みきれず、とろりと尻の狭間からあふれ出す。その淫靡な感覚にかあっと頬を火照らせた。

「僕も……初めてなのに、こんなに感じて……どこかおかしいのかな……えっちすぎます？」

「相性がいいってだけの話だよ。これで番だとわかってもらえたかい？」

額にキスを落とされ、くすぐったさに肩を窄める。

情欲の波はまだ引いていない。

「……もっと教えてって言ったら、引きます……？」

「私のほうこそきみがほしい。もっともっと。孕んでしまうぐらいにね」

扇情的な言葉に身体を熱くし、悠乃は彼の背中に爪を立てた。

5

「え、おめでた?」

「そうなんだよ。もうびっくり。昨日聞いたんだけど嬉しくて嬉しくて、お祝いに最高のシャンパンを開けちゃったよ」

「おめでとう！　何か月?」

「三か月。まだ落ち着いてないから、周囲には言ってないけど、葉波には先に伝えておこうと思って」

同僚である井崎の笑顔に、悠乃も「おめでとう」と微笑んだ。

井崎は同期の中で一番仲がいい。

口下手な悠乃をよくサポートしてくれ、日々のランチもともにする。

今日もそうだった。太陽が夏の本気を出してきた七月にふたりで勤め先からすこし離れた場所にあるイタリアンレストランで昼食をとっていた。

井崎はシラスとトマトのジェノベーゼ、悠乃は鶏胸肉の塩こうじ蒸し夏野菜のイタリアンソースを食べていた。付け合わせのパンも美味しく、コーヒーとデザート込みで千円とお手頃だから、よく利用している。

「このあと仕事じゃなかったら僕も乾杯したいところなんだけど、とりあえずいまは炭酸水で乾杯。おめでとう、井崎。きみならいいパパになるよ」

「へへ、照れるな。男の子でも女の子でも、溺愛する準備はできてるよ」

「いいなあ……僕も結婚できるかな」

「できるって。悠乃ほど綺麗でやさしいオメガは見たことがないよ。運命の番に出会ったらその場で結婚しちゃうんじゃないか」

「そう、かな」

脳裏に一仁がよぎる。

運命の番だと言われてすでに何度か身体を重ねる仲になったが、プロポーズされたことはない。彼にとっては相性のいいセックスフレンドみたいなものだろうか。結婚までは考えていないけれど、一時期つき合うには都合のいい相手、というような。

「悠乃はオメガだから、好きになったひとの子をなすことができるんだよね。俺もベータじゃなかったら、きっとそうしてた。悠乃はどう？　産みたい？　産んでほしい？」

「……産みたい。男でも子宮があるんだから、産めるなら産んでみたい」

そこでまた一仁を思い出す。

彼の子を身ごもったら、一仁はどう対応するだろう。

諸手を挙げて喜んでくれるか。それとも『ほんとうに私の子かい？』と疑うか。

冷たくあしらわれるところを想像して、胸がずきりと痛んだ。

そして、同時に気づいた。

おのれの気持ちに――一仁を好きになっていることに。

会うたび、彼は紳士的に接してくれ、情熱的に抱いてくれる。その後、くたくたになった身体を清めてくれる男の腕の中で、悠乃はぐっすりと眠り込む。安心しきって、無防備にこころを委ねている証拠だ。

避妊はしていなかったから、いつ彼の子を宿してもおかしくない。

いまは平らな腹をそっと撫で、思い耽る。

いっそ、妊娠してしまえたらいいのに。

『あなたの子ができました』

そう言いたい、言ってみたい。

次のデートのとき、自分から誘ってみようか。

避妊はしないで、奥までたっぷり出してもらって。

それでもしも彼の子を宿せたら、しあわせになれるだろうか。

いいや、子どもをだしにするようなやり方は卑怯だ。結婚相手として一仁は申し分ない。だけど、そのために妊娠するのは筋が違う。

自分本位な考えを諌め、パスタの残りを平らげた。

「男の子だったら雪生(ゆきお)って名前で、女の子だったら雪美(ゆきみ)って名前がいいな」

「結構古風だね。もっとキラキラネームをつけるかと思った」

「キラキラネームは大人になったときに大変だろ？　それに覚えてもらいやすい名前がい
い。男の子でも女の子でも、『ゆきちゃん、ゆきちゃん』って呼びたいし」

「いいね、そういうの。みんなに愛されそう」

「だろ？　あー、早く生まれないかな。育児休暇を申請して、産後三か月は妻を支えよう
と思うんだ。出産は大仕事だから、ゆっくり身体をいたわってほしいしね」

「井崎、もう顔がデレデレだよ」

「マジで？」

「マジで。ほら」

　スマートフォンで井崎を写し、彼に見せてやると大笑いしている。

「あー、パパの威厳ゼロだ～。だめだめなパパになりそうだな」

「いいじゃん、自分の奥さんと子どもを一番に考えてあげてるって顔だよ」

「まあね」

　デザートのほろ苦なティラミスを食べながら、コーヒーをひと口。

「悠乃にも素敵な出会いがあるといいね。応援してるよ。俺の大学時代の友人やＯＢを紹
介しようか？　中には貿易業の社長さんとかもいるよ」

　どきりとした。それは一仁のことではないだろうか。

「お願いすることが、あるかも」

「任せて。悠乃にぴったりのパートナーを見つけてあげるよ」

「ありがとう。こころ強いよ」

「今夜にでもリストアップしてメッセージする。気が乗らなかったら無理して会わなくていいから。こういうのは直感が大事」

「変なこと聞くようだけど、井崎の奥さんもベータだよね。出会ったときってどんなだった？　井崎から告白したの？」

「それがもう、完全に俺のひと目惚れ。彼女、百貨店のメンズフロアで仕事しているんだけど、セレクトが抜群なんだよね。初めての来店でめっちゃ好みに合うネクタイをおすすめしてくれてさ。品のいい声と仕草に惚れ込んでしまって、その場で連絡先を渡したんだよ」

「度胸あるなぁ……無視される可能性は考えなかったの？」

「あのときだけは自信満々だった。うちの店に来てくださるお客さまに脈があるって感じたのと同じぐらい、絶対にうまくいくって信じてた」

「で、ほんとうに願いが叶ったんだ」

「そ。もう毎日神さまにお祈りしてたからね。彼女と恋人になれますように、結婚できますようにって」

「井崎って一途だったんだな、あと、思ったより強引」

くすくす笑うと、井崎も苦笑いする。

「強引なのは否めない。まあ、本音を明かすと、断られるかもしれないとも思ったよ。客に惚れられる店員って多いだろう？　いちいち相手にしていたら身が保たない。……でも、彼女は俺を選んでくれたんだ。運命だよ」

「いい話を聞かせてくれてありがとう。僕もちょっと元気が出たかも」

「お、もしかして悠乃にも意中のひとがいるのか？」

「ん、んー……まあ、うん、なんていうか……運命の番と出会ったのかも」

「ほんとうに？　いつ、どこで？」

「おまえの結婚式で」

嘘はつけないから、ほんとうのことを告げた。

井崎は驚いた顔で、「誰、だれ」とせっついてくる。

「社内でも悠乃狙いのひとって多いんだぞ。そんなおまえのこころを射止めたのは誰なんだ」

「……生嶌一仁さんってわかる？」

「もちろん。キャンプ部の尊敬すべきOBだよ。俺の式にも参列してくれて……って、え、まさかその生嶌さんがおまえの運命の番……？」

「目と目を合わせた瞬間にそう言われた。……じつは、もう身体の関係も持っていて、相性はいいと思う。でも、結婚するかどうかはわからなくて」

「なんで」

「そう言われてないから」

ぽつりとした呟きに、井崎が両手で髪をぐしゃぐしゃとかき回す。

「なに焦れったいこと言ってるんだ。あれだろ？　アルファとオメガにおける運命の番っていうのは、本能で求め合って他の誰も目に入らない。そういう話じゃないか」

「それはそうなんだけど。まだうなじを噛んでもらってないから番としての契約を果たしてないし……だって、出会ったのだってついこの間だよ？　番かどうかまだ僕自身が受け止めきれないのに、結婚してほしいなんて言えるわけがないよ」

「生嶌さん、めちゃくちゃいいひとだぞ。アルファには傲慢なひともいるけど、生嶌さんはぜんぜん違う。これと決めた相手には尽くすタイプだよ。悠乃、おまえがその相手なんじゃないの？　結婚の話だって、向こうもタイミングを計ってるんじゃないか？」

「タイミング？」

「そうだよ。おまえがいまだ動揺しているから、身体は重ねても結婚の話まで持ち出せない。短期間におまえを追い詰めたくなくて、生嶌さんなりに考えているんじゃないのか」

「そう、なのかな……」

「悠乃は生嶌さんと結婚したい？　彼の子どもがほしい？」

　率直な問いかけに、しばし迷ってからこくりと頷いた。

「……一仁さんのパートナーになりたい」

「なら話は早いじゃないか。おまえから告白すればいいだろう」

「でも……」

「なんだ、まだなにかあるのか」

カイの存在がある。

陽キャの塊（かたまり）のような井崎に、『アルトラスエンド』の話をしてもちんぷんかんぷんだろう。

しかし、自分ひとりの胸にしまっておくことはもうできなかった。

信頼できる誰かに話し、アドバイスがほしかった。

「僕さ、……じつは、『アルトラスエンド』ってゲームにハマってるんだよね」

「ああ。テレビCMで見たことがある。人気あるタイトルだよな」

「そのゲームに毎日ログインして……気の合うひとと出会ったんだ。名前はカイ。たぶん、本物も男性で、絶対にアルファ」

「おい、まさかおまえ、ゲームの中で会うキャラに恋してるっていうのか」

「僕の一方的な片想い、だった……。リアルタイムで話すことがあっても向こうの声は合成音だし、ゲーム中の戦士で、みんなに慕われるリーダーのカイということしか知らない。……すごくやさしいひとなんだよ」

「って言ってもなー、相手はゲームの中の人物だろ、リアルに会うことは絶対にない」

「そんなことないよ。僕が強くお願いすれば、オフ会に来てくれるかも」

「でも、あくまでもゲームを通じて知り合った仲だろ？　そこへ行くと、生嶌さんはちゃんと存在している。いまここで電話をかけたら出てくれる相手だ。今夜会いたいって悠乃が言えばすぐに会ってくれる相手だ。そのカイってのは、そもそも日本に住んでいない可能性だってあるじゃないか」

そう言われて、はっとした。

日本以外の遠い国に住んでいる可能性があるカイ。毎週水曜日の夜九時にはかならず会えていたから、てっきり日本人なのだとばかり思い込んでいた。日本語も流暢だし。

この広い世界のどこかに、カイがいる。

そう考えると安堵するのと同時に、――会えない立場なのかもしれないという一抹の寂しさが胸をよぎる。

オンラインゲームは二十四時間、さまざまな国のさまざまな年代のプレイヤーが参加する。その自由さが気に入ってプレイを続けているのだが、ＰＣの電源を落としたあとに訪れる寂寥感は言葉にならない。

ついさっきまで一緒に遊んでいたのに。

ひとりになった瞬間に訪れる空虚感には、いまだ慣れなかった。

幼い頃だったらうさぎのぬいぐるみを抱き締めていたところだが、いまはもういい大人だ。

カイと実際に会って話せたら。

勝手に期待していたような容姿からかけ離れていても、きっと好きなままだろう。モニターに映っているのは二次元のキャラクターだとしても、画面の向こうには生きている人間がいる。その中にはやさしいひとも、意地悪なひともいる。

たとえば『アルトラスエンド』でメンバーを募ってボスに挑んだところ、自分がミスって死んでしまい、誰にも蘇生してもらえなかったことだってあった。そのうえ、アイテムを盗まれたことだってある。

だけど、カイは違った。どこのチームに入ろうかと思案していたセイル＝悠乃を案じ、わざわざ声をかけてくれたのだ。

ゲーム中でまるっきり接点のない相手に声をかけるのは勇気が要る。余計なお節介と捉えられることもあるのだ。

それでも、カイはめいっぱい尽くしてくれた。メインストーリーのボス戦にはかならず付き添ってくれたし、弱々のセイルの頼もしい助っ人でもあった。

そんなひとと過ごしたしあわせで満たされた時間をたやすく忘れられるはずがない。

「現実的に考えたら、生嶌さんとつき合うほうが絶対にいいって。運命の番なんだろ？そこになんの問題があるんだ」

「頭ではわかってる。でも、こころは……」

「ふたりとも好き？」

井崎に図星をさされ、言葉に詰まる。

「不誠実なのはわかってる。自分でも。一仁さんとカイは違う。一仁さんは……好きなんだ。ほんとうに、こころから。だけどいきなりカイを切り捨てるのは……。右も左もわからない僕を導いてくれたから」

「カイに恩義を感じてるんだ。でも、それは恋とは違うよ」

井崎の言葉に耳を傾ける。

「カイはあくまでもゲーム友だち。ハードのスイッチを落とせば接点はもうない。でも、生嶌さんは現実に存在して、おまえを求めてる。どっちを大切にすべきか、わかるよな」

「わかる――けど……」

「カイのこと、生嶌さんは知ってるのか？」

「知らない。言ってない」

「じゃ、一度勇気を出して打ち明けてみないか。彼が大人の男だというのは俺のお墨つき。恋ごころに揺れている悠乃のこと、ちゃんとわかってくれるよ」

「そうだね……」

何度もカップの取っ手を握り直し、頷いた。

「打ち明けてみる。ありがとう井崎、話せたことですこしすっきりしたよ」

礼を言い、ついでに伝票を手に取った。

「ここは僕の奢り。いろいろ聞いてもらったお礼」

「いいのに、気を遣わなくても。ああ、でもせっかくの奢りならコース料理を頼めばよかったかな」

「それはまた今度」

くすりと笑い、悠乃はレジへと向かった。


カイのことを一仁に打ち明ける。

実際に考えてみると、どんな場面でいつ切り出せばいいかわからない。

突然、「『アルトラスエンド』ってゲームにハマってて、そこで出会ったカイというキャラクターに憧れてるんだ」と言ったところで、一仁にはさっぱり伝わらないだろう。

話すか話すまいか、ためらう。

そうこうしているうちにいつもの水曜日の夜がやってきた。

九時になる前に夕食と風呂をすませ、さっぱりしたところでPCの前に座る。

もう九月の下旬になるが、まだまだ暑い。冷房のスイッチを入れ、冷蔵庫からキンキンに冷えた缶ビールを取り出す。

指の痕がつくぐらい冷えたビールを呷り、ため息をついた。

あと数分でカイと会える。今日はすこし遠くの大陸へ狩りに行くことになっていた。

もしもカイとふたりきりで喋れる機会があったら、どうしようか。

『運命の番をほんとうに好きになったんだ』

無邪気にそう言えたら。

カイはきっと喜んでくれるはずだ。だけど、自分はどうなのだろう。自分が一仁とカイの間で宙ぶらりんな、美味しいところだけ持っていくような卑怯な奴に思えて仕方なかった。

八時五十五分。今夜はすこし早めにログインしてあちこちぶらぶらしていよう。そのうち、カイや他のメンバーも入ってくる。

お馴染みのリエンダル大陸に入り、なにをするでもなく街の中を歩く。宿屋で腕利きの戦士を集めているという話を聞いたり、市場でどんなアイテムが高値で取り引きされているかチェックする。

『アルトラスエンド』のいいところは、メインのボスを倒す以外に細々としたイベントが発生することだ。

ただ、NPCと話しているだけでも楽しい、その間だけはなにも考えなくてすむから。

カイに会ったら、なんて言おう。

そのことを悶々（もんもん）と考えていたら、ぞくぞくメンバーが集まってきた。

『おつー』

『おつおつ』

『あっついねえ。もううち一日中クーラーガンガン』

『うちもうちも。来月の電気代コワ』

『マジそれ』

思い思いに話しているうちに、八人のメンバーが集まった。

今日行く予定のクエストは、一パーティのメンバーは四人までと制限がついている。八人いるなら二チームに分かれてバトルに挑むことができる。

『みんなお疲れ。今日はシドルニの森に行く？　あそこのボス戦、経験値稼げるし』

最後に現れたチームリーダー、カイの言葉にみんながわっと沸く。『アルトラスエンド』内でも、シドルニの森は難関の戦場として有名なのだ。

『行く行く！』

『俺、勝てるかなー。途中死んだら蘇生ヨロ』

『シドルニ、久しぶり。結構強いよね』

『楽しみ～』

みんなが盛り上がる中、セイルである悠乃も冷えた缶ビールをひと口含み、わくわくしていた。カイがいるとやっぱりチームが盛り上がる。

『カイ、今夜はわたしと組んでよ』

『えっ、俺だってカイと一緒がいい』

『あんた、先週もカイと組んだじゃん』

カイと誰が同じパーティになるか、ひとしきり揉めるのもいつもの光景だ。

『セイル、一緒に行こう』

カイがそう言うのもいつものこと——なのだが、『えー』と不満げな合成音が割り込んできた。

『セイルばっかずるい。贔屓してない？　セイルの戦力、あてにならないじゃん、まだレベル50にも満たないんだし』

メンバーの言うことももっともだ。今夜集まった面子でも、セイルが一番弱い。

いつも足手まといにならないかと不安に思っていたが、リーダーであるカイが率先して面倒を見てくれていたので、甘えていたところもある。

しかし、それを不満に思う者もいるのだ。

カイと組めば効率よく戦える。それに、強い敵にだってどんどん挑むことができる。

メンバーはみんな、いつだってカイと組みたがっているのだ。

だけど、決定権はカイ自身にある。

『セイルってまだまだ役立たずじゃん。この間もすぐに死んでさ』

合成音では男性か女性かわからない。

けれどたったひとつ明らかになったことがある。

認めたくないけれど、メンバーに疎んじられているのだ。

『カイ……』

いままでカイのやさしさにくるまれていたけれど、ここまではっきりと不快感を示されたことはなかった。

毎週水曜日、夜九時に集まる気のいい仲間。

どこに住んでいるか。名前や職業、年齢すら知らなくても『一緒に戦う』ことで繋がってきた仲間。

唯一の癒しだと思っていた場所だが、妬(ねた)みはひそんでいたのだ。

そのことにショックを受け、黙り込んでしまったセイルをかばうように、カイが『まあまあ』と取りなす。

『みんなだって弱いときがあっただろ? うちのチームは「一致団結」がモットーだ。レベルが下でも上でも、みんなで助け合い、楽しくプレイする。カイはまだ弱いから、俺たちみんなでサポートしていく必要がある。手間がかかるかと思うが、みんな一度は通ってきた道だよ。他のチームに移動しても、助け合いの精神は同じだ』

言いきったカイに不満の声を上げていたメンバーは口を閉ざしたが、ぎくしゃくした空気が残ってしまったのは否めない。

カイがメンバーを振り分け、二チームができあがる。

セイルはカイ側だ。

文句を言っていたメンバーはべつのチームに配置されたのでほっとしたが、自分がいない場所でなにか言われているかもと思うと落ち着かない。

カイについていき、精一杯プレイしたが、やっぱり二回死んだ。そのたびカイにアイテムで蘇生してもらい、申し訳なさが募り『ごめん』と何度も謝ったものの、カイはなんでもない感じで、『みんな同じだって』と励ましてくれた。

そのやさしさが今夜はつらい。

自分がもっと強かったらいいのに。せめて彼の右腕として戦えるぐらいのレベルならいいのに。

ゲームでも現実でも、中途半端な自分に嫌気が差す。

それは、カイ、そして一仁への想いと同じだった。

なにもかもが曖昧、自分さえはっきりすればすむことなのに。

三回死んだところで、諦めがついた。

クエストをなんとか突破したあと、カイに『ありがとう』と告げ、『今夜はもう寝るよ』と告げた。

『もう？　まだ十一時だよ』

『でも僕、今夜はなんかいつもより調子悪いし。カイにこれ以上面倒をかけたくない』

気を遣わせないように努めて明るく言い、『ごめん、ありがとう』と言ってログアウトしてしまった。

ゲームは終了したが、トークアプリは起ち上がったままだ。

『セイル、どうかしたのか？　あのメンバーが言ったことならなにも気にしなくていいんだよ』

――ありがとう、カイ。でも、あなたは僕だけのものじゃない。みんなのリーダーなんだ。

胸の裡で告げ、「眠くなっただけだから、心配しないで」と返す。

『そうなのか？　不安なことがあったらなんでも話してほしい』

「大丈夫。ちょっと疲れただけ」

『そうか……じゃあゆっくりやすんで。また来週』

「うん、また」

でも、その来週は来ない。

来週の水曜日は来ない。

この数か月楽しんできた時間はもう訪れない、これ以上、カイの好意に甘えることはできなかった。

やっと自分の気持ちに区切りがついた気がする。

カイにずっと片思いをし、ふたりきりで遊ぶ時間はとびきり楽しかった。彼に優しくされるといちいち舞い上がってしまう自分がいた。

それでも、やっぱりカイは【紅の剣を掲げし者】のリーダーだ。みんなの、カイだ。

そして、いまの自分には生嶌一仁という運命の番がいる。

一仁のことを本心から好きなのだと気づいているのだから、いつまでもぐずぐずしていないで、きっぱり線を引いたほうがいい。自分のためにも、カイのためにも、一仁のためにも。

優柔不断な自分とは今夜でおさらばだ。

カイにはカイのままでいてほしい。自分ひとりのためにカイまで憎まれる必要はない。

トークアプリも落としてしまえば、今度こそ部屋はしんと静まり返る。

もう寝てしまえ。こんな夜は遅くまで起きていたっていいことはない。

けれど、寂しかった。

無性に聞きたかった。

カイの声が。

一仁の声が。

ふたりの男の狭間で揺れるおのれを誹り、未練がましくもう一度トークアプリを起ち上げる。いつも入り浸っていたチームのルームには入らず、カイ宛てに直接メッセージを送ることにした。

「……『アルトラスエンド』、とても楽しかった。カイのおかげだよ。いままでずっと甘えっぱなしでごめんね。いろいろと助けてくれたこと、忘れない。ほんとうにありがとう。もうこのゲームにはログインしないけど、いつか僕も別のゲームでカイみたいに強いプレイヤーになるよ」

そこまで書いたら、喉がつかえた。

胸がいっぱいになり、もう言葉が出てこない。

「──ごめんね、いままでありがとう」

メッセージを送信してＰＣの電源を落とした。

もう、言うことはない。残っていない。

楽しかった遊び場をみずから手放してしまった。

自棄になって缶ビールをもう一本呷り、くらりと酩酊したところでベッドにもぐり込んだ。

そして――夢を見た。


草原を走っていた。

爽やかな風が吹いていて、軽く汗ばんだ肌をやさしく撫でる。

しなやかな革靴は足に心地好くフィットし、地面を蹴るのが楽しくてしょうがない。

飛ぶように駆けた、馬に乗ってもこんな気分は味わえないだろう。まるで背中に羽が生えているみたいだ。

ワンステップごとに鼓動が高鳴り、悠乃を夢見心地にさせる。

意識のどこかではこれはいつか覚める夢だとわかっていたが、それでもいい、このままずっと見ていたいと思う。

視線を落とせば青々とした草原がどこまでも続いていた。

春から夏へと移り変わる、爽やかな風の吹くこの季節が悠乃は大好きだった。

ここは、『アルトラスエンド』だ。

ゲームの中に入り込んで、走っている。息している。

ほんとうに夢みたいだった。いや、実際まぼろしなのだろうけれど、こんなにしあわせな夢は一度も見たことがない。

香る風も、やわらかなくさむらを踏む感触も、知っている。セイルとして、『アルトラスエンド』を駆け回った記憶がはっきり残っている。

ただ、声は出せなかった。

鳥のさえずりも吹き抜ける風音も聞こえるのに、自分の声だけは出せない。

あ、あ、と何度か声を発してみたが、音にならないのは夢だからだろうか。

軽やかな鳥になった気分で大きく手足を動かし、跳ねるように地面を駆け飛んだ。

そのうち、どこからともなく一羽のうさぎがやってきて、一緒に走った。

陽射しがまぶしい。肌を灼く感触が心地好いが、そのうち喉が渇いてきた。

どこかに泉か滝はないだろうか。きょろきょろしていると、先を行くうさぎが立ち止まり、ぴょこんと耳を立てる。

〝そっちに泉でもあるの？〟

声なき声で問うと、うさぎはわかった、とでも言うように耳をぴくぴく動かし、跳ねていく。

そのあとを追い、くさむらをかき分け、森の中へと入っていく。

木漏れ日が射す中に、綺麗な泉があった。

うさぎが先に泉に駆け寄る。とても澄んだ水だ。悠乃もほとりに膝をつき、両手で水をすくって飲んだ。

〝美味しい。ありがとう〟

礼を言う。うさぎは得意げにふんふんと鼻を鳴らす。

喉の渇きが収まった次にはお腹が減ってきた。ここまでずいぶんと長いこと駆けてきたのだ。どこかでひとやすみしたい。

〝うさぎさん、身体をやすめられる場所、知ってる？〟

長い耳がぴょこっと動いた。そしてまた跳ねていく。

さっきよりもゆっくりとした足取りを追いかけていくと、こぢんまりした小屋が建っていた。

『アルトラスエンド』でよく見る、宿屋だ。扉の上に、ベッドのマークが描かれている。

頑丈な小屋の扉を開ける瞬間、どきどきした。

誰かに会えるだろうか。ＮＰＣでもいい。誰かと話してみたい。

〝こんにちは〟

声が出ないとわかっていても、つい挨拶してしまう。

扉を開けると、ふわりといい香りが漂ってくる。アロマオイルの一種だ。

宿の受付は無人だった。宿泊客もいない。

シンプルな木製のベッドが四つ並ぶちいさな宿屋にお邪魔し、なにか食べるものはないだろうかと室内を見回す。

隣室からいい匂いが漂ってくることに気づき、のぞいてみると、ちいさな台所だ。

いまさっき、火が止まったらしい鍋の中身を確かめれば、熱々のシチューだ。そばには深皿と、焼き立てのパン、新鮮なサラダも用意されている。

お腹がぐうぐう鳴っている。

服のどこかをはたけば、ゲーム内で使えるコインの詰まった革袋が出てくるはずだ。あとで精算することにして、いまはこのできたてのシチューをいただくとしよう。

土鍋にたっぷり盛られたシチューを木匙でかき回す。牛乳が混ぜ込んであるらしく、クリーミィだ。

大きめに切られたジャガイモにニンジン、タマネギに鶏肉がよく煮込まれている。匂いを嗅いでいるだけでお腹が鳴ってしまう。

急いで皿に盛りつけ、誰もいないテーブルへと運んだ。

〝いただきます〟

両手を合わせ、まずは熱々のシチューをひと口。

〝……美味しい……〟

夢の中でしか味わえない美味しさに思わず顔がほころんだ。

ジャガイモもニンジンもほくほくしている。タマネギはやわらかくて甘かった。ぷりぷりと弾力のある鶏肉を頰張り、パンをちぎる。

サラダもみずみずしくて、食べる手が止まらない。

早々にシチュー食べ終え、お代わりすることにした。

シチューはゆうに十人分以上作られているから、すこしぐらいならお代わりしても大丈夫だろう。

二杯目は時間をかけて味わった。小麦のよい香りが鼻を抜ける丸パンを嚙み締め、途中、シチューに浸す。

ぺろりと平らげたところで喉がまた渇き、台所に水を汲みに行った。木製のコップに水を注いで飲み干すとやっと人心地がつく。

食べ終えた皿を綺麗に洗い終えて水切り籠に立てかけ、ひと息ついたら眠気が襲ってきた。

夢を見ている真っ最中なのに、眠くなるなんてあり得るのだろうか。

しかし、実際にあくびが出て。いますぐふかふかのベッドに横たわりたくてたまらない。

部屋の一番奥にあるベッドに寝そべり、薄い毛布を顎まで引き上げればすぐさま睡魔に吞み込まれる。

静かな、とても静かな時間が流れた。ここには鳥の声も届かない。

夢の中だとわかっていてしばらく眠り、ふとした温もりで目が覚めた。

隣に誰かが眠っている。

正確に言えば、抱き締められて眠っていた。広い胸からして、同性だ。

驚いて身動ぎし、自分を抱き締める男の顔を見て、――あ、と声を詰まらせた。

〝一仁さん……〟

ここは『アルトラスエンド』なのだから、カイだと思ったのに。

悠乃を横抱きにして眠るのは、間違いなく一仁だった。

「おはよう、悠乃くん。いつの間にかふたりして眠ってしまったね」

まだ眠いのだろう、目をしばたたかせている一仁が、悠乃の額にかかる髪をやさしくかき上げてくれる。

その拍子に毛布がめくれ、彼の身体が見えてぎょっとした。

『アルトラスエンド』で最高とされる絹のローブをまとっていた。光も闇も炎も水も弾く、最高位の装束だ。

頭がごちゃごちゃになってしまう。なぜ一仁が『アルトラスエンド』の衣装を着ているのか。

――でも、これは夢だから。

そう、すべては夢だから。そのひと言で片付けられる。

自分の中で想いが芽生えていた男が、夢の世界にまで出張してくれたのだ。

僕の脳内もよくできてるなと微笑み、彼に身を寄せた。

目を覚ましている間はできないことでも、夢の中ならなんでもできる。

甘えたって、拗ねたって、大人の一仁だったら受け止めてくれるはずだ。

〝絹のローブ、どこで手に入れたんですか。シドルニの森の奥にある宝箱にしかないって話なのに。一仁さん、あそこのボス倒したんですか〟

じっと見つめながら問いかけると、一仁はあっさり頷く。

「もちろん、私にしてみたらあんなの赤子の手をひねるよりも簡単だよ。これ、似合っているかい？」

〝すごく格好いい。きらきらしていて、しなやかで、一仁さんにぴったりです〟

「ありがとう。悠乃くんは革服なんだな。ブラウンの色遣いがよく似合っている」

〝初期装備なんですよね、これ。いつか銀の鎧を身に着けたいんだけど〟

「甲冑を身に着けているきみもきっと素敵だろうな。でも、硬い鎧を身に着けていたら、こんなことはできない」

革の服の襟元から指をすべらせてくる一仁が微笑み、ちゅっと額にくちづけてきた。

その甘やかな感触すらうっとりするほどやさしくて、なんだか泣きたくなってしまう。

こんな情けない自分に情をかけてくれるなんて。

ちゅっちゅっと顔中にキスを繰り返され、胸が甘く蕩けていく。

恥ずかしくても、夢の中だからこそ、すべてを味わいたい。

「ん……っ」

くちびるの脇をちろりと舐められて、思わず声を漏らした。

そのときだけははっきりと声になった気がした。

「一仁さん……ここで……？」

「誰もいない。私たちだけだ。この宿屋は貸し切ってあるから大丈夫だよ」

「う、ん……あ、……でも、ひとつだけ……打ち明けたいことがあります」

「なに？」

「僕、この『アルトラスエンド』で親しくしていたひとがいたんです。カイっていう戦士で、初心者の頃から僕にずっとやさしかった。すごく、いいひとでした」

「そうなんだ。ちょっと妬けるな」

「でも、カイは僕だけのカイじゃなくて……みんなのカイなんです。ずいぶん目をかけてもらったけど、逆にそのことが他のひとを苛立たせていたみたいで……ろくにお礼も言えずにログアウトしてしまったんですが、素敵なひとだったんです」

言葉を重ねていくと、カイがすこしずつすこしずつ遠のいていく気がする。

「好きだった？」

「……憧れでした」

言葉にすると、想いが明確になる。

そうだった。

恋愛と憧憬はとても似ているが、根本的に異なる。

ずっとカイのもとで庇護されてきて一時はのぼせ上がっていたが、どうしても抗えない運命の番——一仁と出会って、すべては覆った。

ゲームはゲーム。

現実は現実。

やっといま理解できた。

カイには憧れを、一仁には抗えない恋ごころを。

そのことは、この夢にカイではなく、一仁が現れたことが証明してくれている。カイを本気で好きだったならば、自分をいま抱いているのは一仁ではなく、カイだったはずだ。

だから一仁の胸にすがり、「ごめんなさい」と呟いた。

「うじうじしすぎですよね、僕。やさしくされれば誰でもいいわけじゃないのに」

「そう思うことだってあるさ。気に病むことはない」

「でも……いまだってこうしてあなたに甘えてる」

「それは私がそうしたいからだよ。きみにはもっと甘えてぐずぐずになってほしい」

「……でも」

「でも、はもうなしだ。悠乃くんがいまこころから好きなのは誰だい？」

「あなたです。一仁さん、あなたです」

「だったら、カイというひとはお兄さん的なポジションかな」

「はい。頼りがいがあって、親しみやすくて、僕、カイのことが好きだった。でもそれは恋じゃないんです。ほんとうに好きなのは……番であるあなたです」

「ほんとうに私が好き？」

「好きです。好き、好き、大好き……」

言えば言うほど胸が苦しくなっていく。

曖昧だった想いに別れを告げて、一仁にまっすぐ向き合いたい。

「不甲斐（ふがい）ない僕を許してください。あなたが好きです」

「悠乃くん……」

「詰られても当然です。カイと一仁さん、ふたりの間で揺れていました。すみません。自分でも恥ずかしいです……いまならはっきり言えます。カイは僕を楽しく導いてくれたひと、そしてあなたは僕に初めての恋を教えてくれたひとです」

「……ありがとう。私のほうこそ、きみを振り回してしまったね。すまない。出会ったときから運命の番という言葉で悠乃くんを縛りつけていたんじゃないかと心配だったんだ。でも、いま、きみのほんとうの気持ちが聞けて嬉しいよ」

こつんと額をぶつけてくる一仁が囁いた。

「きみを抱きたい。いいか？」

「ん……はい」

覚悟を決めて頷いた。

頤をつままれ、くちびるをそっとふさがれる。

ちゅく、と甘く吸われて陶然としていると、くにゅりと舌が割り込んでくる。

うずうずと擦り合わされて、とろりと唾液が伝ってきた。

気持ちいい。腰裏がもう疼いてきて、勝手に揺れてしまう。

覆いかぶさってきた一仁にずるく舌を搦め捕られ、ん、ん、と声を漏らした。

歯列をなぞる舌先が口蓋をくすぐってくるのがたまらなくいい。くちゅくちゅと淫らな音が響くのが生々しい。

夢なのだとわかっていても、すがりつかずにはいられなかった。

後頭部を抱き寄せられ、もぐり込んでくる舌に犯される。

甘く蕩けた舌を擦られて息もつけなくなった頃、丁寧に服を脱がされていく。

熱く湿った素肌を指が辿り、胸の尖りを探り当ててきた。

ぷつんと尖ったそこを指の腹で擦られると、もどかしいほどの快感がこみ上げてくる。

「や……っぁ……あぁ……」

誰もいない宿屋、そもそもここは夢の世界だ。

どんなに喘いだって誰にも聞かれない。一仁以外には。

想っている男に愛撫され、喘ぎを聞かれる羞恥に身悶えたが、がっしりと捕らえられて逃げられない。

「ん……ぅ……っ」

乳首をこりこりと転がされて、せつなくなってしまう。

そこで感じるようになったのは、一仁に抱かれてからだ。

「もう硬くなってる、可愛いな。指で弄っただけでこんなになってしまって……舐めたほうがいい？　それとも嚙んだほうがいいかな」

「あ……」

硬くピンと尖った乳首にふうっと熱っぽい息を吹きかけられて、全身が震えた。くりくりと指で転がされているだけでは我慢できず、くちびるを嚙んだ。

「……な、……舐めて……ほしい、です……」

「舐めるだけ？　いいよ」

ちろっと濡れた舌先が当たっただけで、びくんと下肢が跳ねた。

イきたくてイきたくて、仕方ない。

ほのかに赤く染まった先端を食まれると、身体の奥底で熱が暴れ回る。だけど、だんだん舐める加減が弱まってきて、物足りなくなってしまう。

「やぁ……っあっ……だめ、だめ、もっと……」

「もっと、なに？」

「……もっと、……つよ、く……して……あ、あ、あ！」

懇願した次の瞬間には、かりっと乳首を嚙まれていた。

「あっ、あ、それ、いい……っ」

「うん、素直だ」

乳首の根元を甘嚙みされて、いやいやと頭を振った。

あとすこし強めに嚙まれたら射精してしまう。

そんな胸の裡を見抜いたかのように、一仁が乳首の根元にぎりっと歯を立てた。

「あ、あ……っ！」

どっと熱が爆ぜ、身体の奥底がずしんと重たくなった。

びゅくびゅくと放ったしずくを指ですくい取った一仁がぺろりと舐め、満足そうな顔をする。

下肢を触られてもないのに、達してしまった。

意識には靄がかかったみたいで、まともに頭が働かない。するりと肉茎に指が巻きつき、また軽く達した。

「あっ……あ……っやぁ……っ」

「まだまだイけそうだ。今日は泣いてもやめてやらないぞ」

「っ、うん……」

こくこくと頷き、上体を起こして服を脱いでいく彼に見とれた。

美しい絹のローブの下には、上等な筋肉がひそんでいた。

「一仁さん……」

こんなにも逞しい身体にいまから抱かれるのだと思うだけで、喉がからからになる。

一仁が笑って悠乃の下肢に顔を沈める。

達したばかりの性器を咥えられ、思わずのけぞった。

敏感すぎるそこをぐちゅぐちゅとしゃぶられる悦さは言葉にならない。

「いい……っあ、あぅ、うん……っあ……！」

「くびれを舐められるのが気持ちいい？」

「ん……ん、だめ、舐めながら、喋らないで……っあぁ……！」

意地悪く、くびれをちろちろと舐めしゃぶられる。

もがけばもがくほど押さえつけられ、自由を奪われた。それがいい。彼だけのものになったみたいで、たまらなく嬉しい。

肉茎を擦られ、しゃぶられ、口の中で育てられる。

いい、と言えば言うほど深く咥え込まれた。淫らな音を響かせて舐め育てられ、双果を指で揉み転がされる。

「も……も、だめ、だめ……っまたイっちゃう……！」

「いいよ、たくさん出してごらん」

「んー……っ！」

彼の髪をぐしゃぐしゃとかき回し、ぴんと爪先を伸ばす。

びゅくりと放った熱いしぶきを、一仁はためらいなく嚥下（えんげ）する。

「や……だ、め、飲んじゃ……やだ……」

「もっとほしい」

さらにじゅるりと吸い込まれ、悲鳴のような喘ぎを上げた。

怖いぐらいに感じてしまう。

「かずひと、さん……」

キスしてほしい。

そうねだると、一仁が微笑んでくちびるをふさいできた。

夢だから、きっと最後まで味わえないだろうけれど、この鮮明な記憶をいつまでも留めておきたい。

強く願いながら、悠乃は瞼を閉じた。

6

『アルトラスエンド』を引退して一か月。

月日はまたたく間に過ぎていった。

もう空は秋めいていた。

うろこ雲がきらきらしていてまぶしい。

悠乃は仕事に励んでいた。

気弱だった頃の自分とはもう違う。多少及び腰になりながらも懸命に接客し、ついには一台、スポーツカーを売ることができた。購入者は六十代前半の男性で、「ずっとこの車に焦がれてたんですよ」と笑い、悠乃も「今後ともなにとぞよろしくお願いいたします」と深く頭を下げた。万全のサポートで、精一杯顧客を支えていくつもりだ。

どうかすると『アルトラスエンド』に戻りたくてしょうがないのだが、あれ以上、カイに面倒はかけられない。

一仁とはあれから何度か会っていた。

ただし、食事とお茶だけ。

淫夢を見た疚しさが残っていたからというのが一番強い。

一仁は紳士的に接してくれ、帰りがけに名残惜しそうに手を掴んできた。

彼が好きだ。そのことはもうはっきりしている。

あとは、いつ気持ちを打ち明けるかだ。

「葉波、ランチ行かないか」

同僚の井崎が誘ってきたのは十三時過ぎ。平日のディーラーを訪れる客はすくなく、

「行く行く」とふたつ返事で財布とスマートフォンだけ持って店を出た。

「なに食べる？」

「天ぷら食べないか」

「いいね。家じゃめったに揚げ物なんてしないから」

最寄り駅前にある天ぷら屋に入り、ふたりして「今日のおすすめ」を頼む。

「奥さん、どう？　そろそろ安定期に入ったんだっけ」

「うん、つわりもだいぶ収まってきて、健康的にふっくらしてきたよ」

「子どもは男の子？　女の子？」

「生まれてくるまでのお楽しみ」

くすくす笑いながら日本茶を飲む井崎が素直に羨ましい。

ベータ同士の結婚だったから、穏やかな日々なのだろう。

そこへ行くと自分はいつ妊娠してもおかしくないオメガだ。

「葉波はどうなんだよ。生嶌さんとちゃんと恋人同士になったのか」

「……その一歩前」

「理由は、ゲームのカイって奴?」

「いや、カイについては区切りをつけたんだ。『アルトラスエンド』は卒業して、カイとはそれ以来連絡を取ってない」

「だったら大手を振って生嶌さんとつき合えばいいのに」

井崎の言うとおりだ。

ただ、正面切って、一仁に「あなたが好きです」と告げる勇気がないだけだ。

夢の中ではあんなに奔放に乱れて好きと言えたのに。

「僕が……一歩踏み出せばすむ話なんだけど」

「あーもー聞いてるだけで焦れったい。今夜生嶌さんと会え。会って話せ」

「え、でも急すぎる」

「恋愛はいつだって止まらないんだよ。ほら、スマートフォン出せ。生嶌さんにメッセージを送るんだ。『突然すみません、今夜会えませんか。大事な話があります』……打ち込んだか?」

「待って待って。早い」

以前にもこんなことがあったなと懐かしく思い出す。

『アルトラスエンド』で、カイに似たようなことを言われたのだ。

あのときも、送り主は一仁だった。

カイといい、井崎といい、面倒見のいい友人がそばにいてほんとうによかった。

自分だけでは悶々として先に進めなかっただろう。

「……打ち込んだ」

「じゃ、送信」

「わかった」

息を呑んで送信ボタンを押す。

昼間だが、一仁は気づいてくれるだろうか。

さくさくの天ぷら定食を食べ終え、お茶を飲んでいるとスマートフォンが軽く振動する。

急いで見れば、一仁だ。

『連絡ありがとう。もちろん、今夜はＯＫだよ。よかったら私の家に来ないか？　簡単だけど手料理を振る舞うよ』

『いいんですか？　どこかへ食べに行くのでも僕は大丈夫ですが』

『せっかくのデートだからね。うちでゆっくりしていってほしい。美味しいワインももらったから』

『すみません。じゃあ、八時頃にお邪魔しますね』

『待ってるよ』

締めくくりに可愛い犬のスタンプが押され、つい微笑んでしまう。

「一仁さん、会ってくれるって」

「よかったじゃん。今夜こそ自分の気持ちに素直になれよ」

「ん……頑張ってみる」

深く頷き、お茶を飲み干した。

夜八時過ぎ、一仁のマンションのチャイムを鳴らした。手ぶらではなんなので、美味しいと井崎も太鼓判を押してくれたクラフトビールを持参した。

「いらっしゃい、待ってたよ」

ストライプブルーのエプロンを身に着けた一仁が出迎えてくれる。彼の背後から漂ってくるいい匂いに鼻を蠢（うごめ）かした。

「出汁（だし）のいい匂い……うどんですか？」

「残念。おでんだよ」

「え、嬉しい。コンビニでしか食べないから」

「だよね。朝晩はだいぶ冷え込んできたし、熱々おでんもいいかなと思って」

「ありがとうございます。これ、お土産です」

冷えたクラフトビールの入った発泡スチロールの箱を渡せば、今度は彼のほうがぱっと顔をほころばせた。

「美味しいんだよこれ。品薄なのによく買えたね」

「同僚のツテで。おでんに合うといいんですが」

「合う合う。さあとにかく入って」

「お邪魔します」

イエローの新しいスリッパに足を入れた瞬間、ふわっと胸が温かくなった。

「……もしかしてこのスリッパ、新品ですか?」

「そうだよ。いつきみが来てもいいように」

思わず微笑んだ。

一仁はやっぱりやさしい。

運命の番である以前に、ひとりの男として完璧だ。

気が利いて愛情深く、おまけに料理も上手だ。まだ食べていないけれど、今夜のおでんは最高に違いない。

リビングでジャケットを脱ぐと一仁が預かってくれ、「寝室のほうにかけておくよ」と言う。

「きみは座ってて」

「でも、なにかお手伝いできることがあれば」

「もうできあがってるよ。カセットコンロに鍋を移せば終わり」

申し訳ないと思ったが、おとなしくテーブルに着くことにした。

テーブルの真ん中にカセットコンロが置かれている。そこに一仁がミトンを使って鍋を運んできたので、コンロのスイッチを回した。

ぽっと点(つ)く火が暖かい。

一仁が鍋の蓋(ふた)を開けると、ふわりと白い湯気が立ち上った。

最上級の昆布と鰹節(かつおぶし)のいい香りがする。キュウリと白菜の浅漬けも用意されていて、完璧だ。

「ごはんもあるけど食べる?」

「食べます食べます」

「了解。大盛りにしてあげる」

青みを帯びた美しい茶碗に真っ白なごはんが盛られた。

箸(はし)も新品だ。一仁と色違いだ。

「なにから食べる?」

菜箸(さいばし)を持った一仁に訊(き)かれ、「大根と、たまごと」と指さしていく。

「牛すじもいただいていいですか？」

「どうぞどうぞ。余るぐらい作ったから、たくさん食べて」

熱いつゆにひたひたになったおでんはいかにも美味しそうだ。

「いただきます」

「はいどうぞ」

しっかり両手を合わせ、まずは牛すじにかぶりつく。

「……ん、美味しい！　あっつ」

「火傷に気をつけて」

「すみません。すごく美味しくて。わ、大根もしみしみしてる」

「上手にできたみたいでほっとしたよ」

「たまごも美味しい……すごいですね一仁さん。これ、お出汁から作ったんでしょう？」

「そうだよ。いつもはコンビニのお世話になっちゃうけど、たまに自分で作りたくなるんだよね。お口に合ったかな？」

「合います合います。めちゃくちゃ美味しい。あ、はんぺんとちくわもいただこうかな」

「はいはい。あ、きみがくれたビールも飲もうか」

「いいですね」

一仁が席を立ち、冷蔵庫で冷やしていたビールを手に戻ってくる。栓を抜いたビールをグラスに注いでもらったので、お返しに同じことをした。

「遅まきながら乾杯」

「乾杯。今夜は突然押しかけてすみません」

「なんのなんの。嬉しかったよ。私のほうからも誘おうと思っていたから」

「一仁さん……」

「そろそろ私の番だと信じてくれたかな？」

話を向けられて、うつむいた。

何度も息を吸い込んで吐き、みぞおちあたりにぐっと力を込める。

こころが決まったいま、素直な想いを打ち明けるべきだ。

「あなたが、好きです。一仁さん、あなたを好きになりました」

「ほんとうに？」

突然の告白に、一仁が目を丸くする。

とうとう打ち明けた。本心を明かした。そのことにそわそわしていると、「後片づけは私がやるから」と一仁が鍋や食器をシンクに運んでいく。それから隣に腰掛けてきた。

「すべてを打ち明ける前に、これをきみに」

手のひらサイズの赤い小箱を渡された。

「……これって」

「開けてみて」

思いきってベルベットの箱を開けると、きらりと光るリングが収まっていた。

ただのリングじゃない。二本の剣がかち合う、特別なモチーフだ。変わったデザインだけに、間違いなく、オーダーメイドだとわかる。

これを、悠乃は何度も見たことがある。

『アルトラスエンド』の中で。

「このリング……これ、……これって」

「セイルがずっと欲しがっていた、プラチナの剣のリングだよ。これをはめれば、どんな魔法も詠唱できて、MPも消費しない。伝説の指輪だ。きみのために、同じデザインのものを特注したんだ。気に入ってくれたかな？」

「伝説、の……あなたは……」

顔を上げると、一仁がやさしく笑っていた。

「いままでぜんぜん気づかなかった？　セイル」

「……カイ？　あなたが、カイ？」

「そうだよ。やっと気づいてくれたね。私がカイだ。きみを見初めて、チームに誘ったカイだ。そして――運命の番でもある」

「カイ、……一仁さん」

二次元で表示されていたカイと、目の前で楽しそうに微笑む一仁が滲んで滲んで、最後に重なる。

カイがまさかこんなに近くにいるなんて、思いもしなかった。

そもそも、日本人じゃないかもしれないと井崎に指摘されていたのだ。

だけど、カイはずっとそばにいた。

生嶌一仁として。

その事実がまだうまく飲み込めず、ただただリングを眺めていると、そっと左手を掴まれる。

薬指に、そのプラチナリングはしっくりとはまった。

「よかった、ぴったりだ。きみを抱いて眠った夜にこっそりサイズを測っておいたんだよ」

「……嘘、じゃないんですよね？　ドッキリとかじゃないですよね？　あなたがカイで、『アルトラスエンド』でずっと僕のサポートをしてくれたひとなんですよね？」

「きみが『アルトラスエンド』からいなくなってしまって、とても寂しかったよ。乾いた日々だった。凄腕のメンバーには恵まれていたけれど、きみほど一緒になって純粋にゲームを楽しめるひとはどこにもいなかった」

懐かしそうな目をして語る一仁の声音は、確かにカイのものだ。合成音しか聞いてこなかったが、よくよく耳を澄ませば、このひとの声がベースにあったとわかる。

「いつ……、僕がセイルだった気づいたんですか」

「井崎の披露宴で言葉を交わしたとき。聞き覚えがある声だとよくよく考えて、きみがセイルだとわかった。悠乃くんはボイスチェンジャーを使っていなかっただろう。これでも私は耳がいいほうなんだ。一度好きだと思ったひとの声は忘れない」

一仁は嬉しそうに微笑んでいる。

「……一仁さんほどのひとがどうして『アルトラスエンド』に？」

「仕事しかしてこない人生でね、映画も読書もすべて自分の今後に繋げるやり方しか知らなかったんだ。でも、そういう生き方は息が詰まるだろう。そんな私を見かねた部下が、『ゲームでもどうですか』って教えてくれたんだ。『アルトラスエンド』なら男女はおろか、アルファもベータもオメガも関係ない。地道にこつこつやっていけばレベルアップする。でもまあ、なんだかんだうまくいってしまって、気づいたらゲーム内でもチームを統率する立場になっていたんだ」

お恥ずかしい、と頭をかく一仁が好ましい。

アルファだから要領がよく、統率力にも恵まれている。そういった資質は生まれ持ったものによるところが大きい。一仁はどこの世界に行ってもリーダーになる人間なのだろう。

「僕……足を引っ張ってばかりだったでしょう。いまさらですけど、ごめんなさい」

「謝らないで。不慣れそうにしながらもひたむきに強くなろうとしていたきみにとても惹かれたんだよ。『アルトラスエンド』では誰でも平等だ。そんな世界でもそつなく過ごしてしまう私自身にちょっと嫌気が差していたから、余計に実直な悠乃くんの存在がこころに響いたんだ」

「僕のほうこそ、強くてやさしいカイに惹かれてました」

「一緒にたくさんの敵を倒したね。釣りもしたよね」

「楽しかったです。どの思い出も僕にとっては大切なものばかりです。……そっか、あなたがカイだったんだ。どうしていままで気づかなかったんだろう……不甲斐ないです」

「私も、カイであることはぎりぎりまで黙っていようと思ったからね。きみがなにも臆することなく『アルトラスエンド』を楽しんでくれればいいと考えていた。リアルな知人がじつはゲームのチームメンバーだとわかったら、こころ強い反面、やりにくいところもあるだろう？」

そこまで考慮してくれていたなんて。

胸を熱くしながら、きらきらのリングがはまった左手を目の前にかざす。

その薬指の先にちゅっと甘くくちづけてきた一仁が微笑む。

「これは正式なプロポーズだ。悠乃くん、どうか私と結婚してほしい」

「……結婚」

「私と楽しい家庭を築こう。そのためならどんなことでもすると誓うよ」

「一仁さん……僕なんかでいいんですか？　親がいなくて施設育ちなのに」

「そんなことは関係ないよ。大事なのはいまのきみのまっすぐさや素直な人柄だ。悠乃くんがそういう人間だってことは、『アルトラスエンド』でよくわかったよ。きみほど真面目な努力家は見たことがない。それに、ボスを倒したときの明るい声も素敵だ」

褒められまくって照れくさい。

「……もう、そのへんでいいです」

「なんで？　悠乃くんの好きなところ、もっと言いたいのに」

「だ、だめです。一方的で。僕だって一仁さんにずっと惹かれてたんですよ。井崎の披露宴で出会ったときから、ずっと目が離せなかった……。運命の番だと言われて、身体ではわかってるけども、こころはどこかで抗っている気もして。いま思うと、あなたが与えてくれた快感に浸かりきってしまうのがちょっと怖かったのかも」

「じゃ、いまは？」

至近距離で目をのぞき込まれ、そらしたくても叶わない。

顧をつままれて、まっすぐな視線を受け止めた。

湖のように深い愛情をたたえた瞳にこくりと頷き、「……好き」と呟く。

言った瞬間、かあっと頰が火照った。

「好き……好きです。僕なりにちゃんと答えを出しました。運命の番だという以上に、あなたが好きです」

「嬉しいよ。私なんかもっともっと悠乃くんが好きだ。何度抱いても足りないぐらいに」

くちびるに吐息がかかる瞬間、夢見心地になって彼を仰ぎ見た。

「きみを抱いても？」

「……いいです。僕もあなたに抱かれたい」

やさしく解けたまなじりを胸に刻み、悠乃はうっとりと瞼を閉じた。

「ん、……ん……ふ……っ」

薄闇が広がるベッドルームで抱き合い、くちびるを貪（むさぼ）り合った。

ヒートが近いことはさっきシャワーを浴びる際、スマートフォンのアプリでチェックしていた。身体もこころも繊細な時期に運命の番と抱き合い、射精されたら、本気で孕んでしまいそうだ。

もつれ合うようにして、互いのバスローブを乱していく。しゅるっと帯紐を引き抜かれる音も、ふかふかのパイル地が襟元を擦れる音も、気分を盛り立てるひとつだ。

これから、愛するひとと交じり合う。

もう何度もしている行為だが、互いの気持ちを認め合った上でのセックスは今夜が初めてだ。

煽り立てられるままに性急にくちづけ合い、涙がこぼれそうになると、一仁が腰を抱き寄せてのしかかってくる。

ベッドランプが点いたままだ。

「灯り……消して」

「淡くすればいい？　私の手で乱れるきみのすべてが見たいんだ」

「……っも……ばか……」

絶対に嫌だとは言えなかった。

なんとなれば、自分も一仁を見ていたかったからだ。

互いに欲情をかき立てていき、どうにもならなくなったときの一仁の表情が見たい。

記憶にあるのは、悠乃を快感の淵に追い詰め、余裕たっぷりに笑う顔だ。

――ちょっとぐらい、僕と同じように切羽詰まるところも見てみたい。

そんな男を、今夜見られるだろうか。

うっすらと汗ばんだ肌を触れ合わせ、くちびるを吸い続ける。

ねろりと挿り込んでくる肉厚の舌を懸命に舐め取れば、一仁も同じことをしてきた。ものを食べるとき、なにかを飲むときだってこんなに敏感にならない。

恋人だけに明け渡す口腔を存分にまさぐられ、悠乃は浅い息を吐き出した。

「ん、っん、ぁ、ん」

「いい声だ。悠乃とのキスが私は好きなんだ」

呼び捨てにされて、胸が甘く弾む。

頬をやさしく撫でる指先も、ずるくくねり合わせてくる舌先も、全部全部好きだ。

いっそ骨まで蕩けて彼とひとつになれたらいいのに。

飲みきれないほどの唾液を送り込まれ、こくりと喉を鳴らす。

「悠乃のもほしい」

「ん……」

甘く、ぬったりした体液を交換するだけで背筋がぞくんと快楽にたわむ。

舌を搦め捕られる感触は、思っていたよりも鮮明だ。ずっと全身が電流を流されたようにびくびくと打ち震え、強い刺激を立て続けに食らって意識がぼやける。

舌先での戯れに物足りなくなってきて、下肢をよじらせた。

そのことがわかったのだろう。一仁が笑って勃ち上がりかけた性器に手を伸ばしてくる。

「勃ってるね。今夜はすこしいいことをしようか」

「いい、こと……?」

「私の上に乗ってみて」

ベッドに横臥した一仁にもじもじしながら覆いかぶさると、くるっと身体をひっくり返された。

「あ……一仁さん……っ」

愛されきって妖艶な丸みを帯びた剝き出しの尻を一仁の顔の前にさらしてしまう形になって、ぶわっと体温が跳ね上がる。

「や……!」

「私はきみのここを愛するから、悠乃も同じことをしてみて」

「う、……う……ん……っ」

目の前には半勃ちした大きな肉茎がある。おそるおそるその太竿に両指を巻きつけ、舌をのぞかせた。

ちろ、と先端の割れ目に舌先を這わせれば、ぐっと尻たぶを左右に割り開かれた。尻肉に食い込む親指と人差し指の感触が生々しい。

「まって、ま……っ……ぁっ……あぁ……そこ、だめ……！」

てっきり性器を咥えられるのかと思ったのだが、違った。

一仁の熱い舌は遠慮なく会陰を探り、窄まりをぐっしょりと濡らしていく。彼と何度セックスしても、最初は固く閉じる場所だ。そこを執拗に舐められ、縁をやんわりと嚙られて、ぞくぞくするような快感が這い上がってきて、ぐうんと背筋をのけぞらせた。

「ほら、悠乃」

「んっ、ぁ、っ、あ……ふ……っ」

片手で肉茎を扱かれながら孔を舐められ、必死に目の前の熱杭に舌を伸ばす。

ちゅるちゅると音を立てて吸いつけば、ぐぐっと舌が中に抉り込んでくる。

悠乃の弱いところはくびれだ。そこを輪っかにした指で締めつけられると、急激に達してしまいたくなる。

慌てて一仁の肉棒を頰張り、ぐぽぐぽと音を立てながらしゃぶり立てる。

下手くそでみっともないだろうけれど、すこしでも気持ちよくなってほしい。

自分から与えられる快感は、彼からもらうものよりずっとすくないだろうけれど。

猫が皿に盛ったミルクをさらうように、ぴちゃぴちゃと音を響かせながら一仁を愛した。

張り出したカリを口いっぱいに頬張り、くびれをぐるりと舌でなぞる。

「ん……」

かすかな吐息に勇気づけられた。一仁も感じてくれているのだ。

もっと悦くしてあげたくて、揺く先端を何度も吸い上げた。蜜がいっぱい詰まった陰嚢もくりくりと指で押し転がしてみる。

「……っこら、悠乃、だめだ」

「だめ、ってことないです。……僕はいつもしてもらってるんですよ」

「しかし、このままでは……」

苦しげな声が背後から聞こえてくる。それに後押しされ、ますます淫らな舌遣いで彼を追い詰めた。

舐ったり、囓ったり、つついたり。

いたずらめいた幼い愛撫だけれど、一仁には充分なものなのだろう。口の中でぎりぎりいっぱいまで育った肉竿をじゅるっと強く吸い上げれば、息を呑む気配とともにどくりと熱が喉奥に放たれた。

あまりに多い精液を飲みきれず、咳き込んでしまう。

「ごほっ、けほ……っ」

「す、すまない。加減ができなかった。大丈夫かい？」

身体を起こした一仁が背中をさすってくれる。まだ涙が目尻に溜まり、頭の中がじんじんしていたが、ようやく一仁を快感に導けたのだと知って嬉しくてしょうがない。

「よかった……僕でもちゃんとできました」

「できすぎだ。ここからは私の番だぞ」

仰向けになった悠乃の両足を高く抱え上げ、一仁が顔を沈み込ませてくる。

勃ちっぱなしでつらいほどのそこを温かな口でぐちゅぐちゅとしゃぶり立てられ、先ほど唾液でゆるめられた孔の中へすうっと指がすべり込んでくる。

ヒート間近なせいもあって、悠乃の身体からは愛蜜がたっぷりあふれ出した。

まるで最初のセックスのように気遣ってくれる一仁にしがみつき、喘ぎながら腰を揺らめかせた。

「あ、っん、んぁ、やあ……っかず、ひと、さん……そこ……っ」

「悠乃が感じるところだね。あとでもっとたくさん愛してあげよう」

指が二本から三本に増やされ、中をぐるりとかき混ぜられて、おかしくなりそうだ。

「……いい……っ」

「ほんとうに？」

「う、ん、すごく——いい、あ、あ、そこ、もっと……っ」

愛液の助けもあってぐしゅぐしゅと淫らな音を響かせる肉洞は、さらなる激しい刺激を欲している。

貫かれたい。

一仁だけでいっぱいにしてほしい。

「――かず、ひとさん……」

「わかってる、私も同じ気持ちだ」

上体を起こした一仁が再び悠乃の両足を抱え上げ、ゆったりと腰を進めてきた。

「あ、っ、あ、ああ……っ！」

大きなカリがずくんと挿し込んできた瞬間、あまりの愉悦の大きさにびゅくりと白濁が爆ぜる。

だけど、それでやめてくれる一仁ではない。息を深く吸い込み、狙いを定めてずんっと突き上げてきた。

「だめ、だめ……も、いってる、いってる……からぁ……！」

「しっかり教えておかなくちゃね、きみが私だけの男だってことを」

「わ、かってる……わかってる……」

うわごとのように呟く間も、内側は嬉々として一仁に吸いついてしまう。

ずぶずぶと奥まで埋め込まれ、抜き挿しされる。敏感すぎる快感の中、待ち望んでいたものを与えられた悦びに、媚肉が絡みついて震えた。

「あ……あんっ……」

うぶだと言うわけではない。一仁の手によって開発された身体だ。

剛直を押し込んでくる一仁はそれでもまだいくらか加減しているのか。慎重に腰を送り込んでくるが、悠乃は堪（こら）えきれない。

「熱い……もっと……ぉ……もっと、奥にほしいっ……」

「望みのままに」

貫かれて、捏ねられて、また突き上げられて。

身体はどんどん熱を帯びていき、深みのある絶頂感へと悠乃を導く。

ずずっと強く突き込まれた刹那、またも身体をしならせ、嬌声（きょうせい）を上げて達する。

二度目の絶頂は身体中がばらばらになるような怖さのある鋭い快感だった。中に刺さったままの肉棒がひときわ逞しくなり、悠乃を震えさせる。

「んんっ、んっぅ、うー……っ」

「悠乃……悠乃」

腰を遣うたび、一仁の声も上擦っていく。彼も限界が近いのだろう。

額に汗を散らし、悠乃の腰をしっかりと摑み直してずっぷりと熱杭を突き込んでくる。

「あ——あ、深い……っ！」

最奥（さいおう）のひそやかな場所をずちゅずちゅと突かれ、過ぎる快感に声が嗄れた。

全身が燃えるように熱い。

ヒートが訪れたのだ。こうなったらもう、欲の波に呑まれること以外考えられない。

「……ッ」

悠乃の細腰を摑む骨っぽい手に力がこもる。

一仁がぎりっと奥歯を嚙み締め、悠乃の両手首をひとまとめに頭上で掲げさせて押さえつけながら、激しく突きまくってきた。

「あっ、あっ、かず、ひと……っさん、おねがい、ゆるして、ゆるし、て、も、だめ、ほんと、……ああっ、中、疼いて、またイっちゃう……こわい……っ」

「悠乃……っ」

「あああっ……太くて、こわれる、こわれ、ちゃう、……っんーっ……！」

「一緒がいい」

「ん、ん、イく、イく……！」

とうとう理性の箍が外れた一仁が思いきり突き上げてくることに、たまらずに頂点に達した。

「ああっ……あぁぁぁ……っ！」

滾る熱を最奥に叩きつけられ、身体が強張る。

悦すぎて悦すぎて、どうかなりそうだ。

張った男根は長々と射精を続け、最後の一滴までも悠乃へと吞み込ませたがっている。

摩擦されて火照りきった肉襞に甘蜜がひたひたと染み込んでいくのがわかった。

それでも多すぎる精液は尻の狭間からとろりと流れ落ち、内腿を淫らに濡らしていく。

「悠乃……最高だったよ……」

「ん……僕も……」

余韻を愉しむかのように抜き挿しを繰り返されていたから、軽い絶頂はまだいくつもあった。

まったく力を失わない一仁をそろそろと見上げ、「……まだ?」と囁く。

「満足できません……?」

「一度は満足した。でも、もう次がほしいかな。悠乃もヒートが来たんだろう?」

「わかりますか?」

「中が蕩けるほど熱かったから」

恥ずかしいことをさらりと言う一仁を笑い睨みながらその頬をやさしく撫でる。

「……一仁さんもすごく大きくて熱かった。……もう一度、もう一度だけ、してくれます?」

「何度でも。きみが孕むまで抱きたい」

「……ん」

熱に浮かされながら、紅潮した顔で一仁を見上げた。

キスをねだろうとしたが、「その前に」と身体を裏返しにされた。

うなじにかかる髪をかき上げてくる一仁が、ふうっと熱い息を吐きかけてくる。

「噛むよ」

そこを噛まれたら、未来永劫、一仁とは離れられない仲になる。

誰にも見せたことのないそこを無防備にさらし、悠乃は顔を傾けた。

「……嚙んで」

言うなり、ぎりりと歯を突き立てられた。ばくんと心臓がひとつ鳴る。嚙み痕が残るほどの強さに、感じたことのない圧倒的な快楽が弾けた。

「……く……っ！」

「……中も、締まるな。このまま続けるよ」

「ん、っん……！」

綺麗なうなじにけっして消えない痕をつけられながら、悠乃はまた揺さぶられる。今度は四つん這いで。

さらりとしたシーツに肘と膝をつけると、腰をぐいっと引き上げられる。そこに一仁が覆いかぶさってくる。

ぴったりと背中に重なる一仁の胸からどくどくと鮮やかな鼓動が伝わってきた。

「愛してるよ。生涯離さない」

「ん……」

火照った記憶に、一仁の声が刻み込まれた。

それは、しあわせというにはあまりにも深く、強く、逞しく。

7

年末の慌ただしい空気に身を浸す中、一仁との関係は大きく変わった。

ふたりで暮らすようになったのだ。

それまで住んでいたアパートを引き払い、一仁のマンションに越してきた悠乃は広々とした部屋をあちこち見回し、「掃除しがいがあります」と握り拳を作った。

「通いの家政婦さんがいるから、そんなに張りきらなくて大丈夫だよ」

苦笑いする一仁と荷物を片付け、自室も与えてもらった。

もともとゲストルームとして空いていた部屋を、「自由に使っていいよ」と言われ、黄色のカーテンを買い求め、掛けてみたところ、しっくりと来た。

好きなひとと暮らす時間の中でも、自分の居場所があるというのは安心するものだ。

セミダブルのベッドもあるが、夜眠るときは一仁と一緒のベッドルームだ。そこは新緑のカーテンが掛かっている。

一仁と暮らし始めて、毎日新しいことがあった。

通いの家政婦と挨拶を交わし、どこまで自分が手を出せばいいかを教わったり、早く仕事から上がれた夜には自分でレシピを調べていろいろ作ってみたり。

毎日、眠るときと朝起きるときに隣に体温を感じられることが一番嬉しかった。

一仁のクローゼットをのぞくこともした。社長業の彼なので、服は山のようにある。ぴしりとしたスーツが整然と並び、抽斗にはネクタイやカフスが綺麗に陳列されていた。

ハンカチも男を彩る小道具のひとつである。白系が多いハンカチもクリーニングに出していた一仁だったが、せっかくなので、「これぐらいは任せてください」と洗濯とアイロンを請け負った。

ハンカチの角がぴしりと立つようにアイロンをかける時間は無心になれていい。

だんだんと街が華やかに飾りつけられ、いろいろな店からクリスマスソングが聞こえる頃。

「……できた。これでいいですか、一仁さん」

リビングのテーブルに着き、書き終えた紙を隣に座る彼に渡すと、「うん。これでよし」と笑みの混じる声が返ってくる。

「外、寒そうですね。暖かくしてかなきゃ」

「だね。マフラーを巻いて手袋をしていこう。まあ、車で行くから平気なんだけど」

十二月二十五日。今年は平日に当たったので、ふたりして有休を取った。

これから向かう場所は、車で十五分ほど離れたところにある。

そろってスーツを身に纏い、暖かいカシミアでできたコートとマフラーを手に掛けた。

「一仁さんって紺のスーツがめちゃくちゃ似合いますよね」

「そんなきみはダークグレイのスーツが映える。可愛い顔立ちが凜々しくなって、パートナーとして鼻高々だよ」

玄関で褒め合い、笑ってしまう。

「さてと、出かけようか」

「はい、夜はフレンチレストランでクリスマスディナーでしたね」

「帰ってきたら、きみを抱くか、ふたりそろって『アルトラスエンド』復帰をするか悩ましい」

「もう、そんなことで悩まないでください。僕はあさってもしあさっても、あなたの隣にいますよ」

ふふ、と笑って、さりげなく彼が手を摑んでくる。

その左手にも、きらりと輝きがあった。

今年のボーナスで悠乃が贈ったものだ。自分の左手にはめられた剣がかち合う特別なデザインのプラチナリングには到底及ばない価格だが、こころは込めた。

シンプルなリングを一仁はことのほか喜んでくれ、子どもみたいにはしゃいでいた。それが昨晩のことで、今日はもっとスペシャルな日だ。

「婚姻届、ちゃんと受け付けてもらえますかね。僕、書き損じてないかな」

「問題ない。さっき三回も目を通した」

親に恵まれなかった悠乃に代わって、証人には一仁の両親が立ってくれている。お互い仕事が忙しくてまだ顔を合わせていないのだけれど、電話では声を聞き、弾んだ声で、『うちの子をよろしく頼むよ』と言われたのが何度思い出しても嬉しい。

「お正月には一仁さんのご家族に会えるんですよね。楽しみだな」

「自分で言うのもなんだが、まあまあ親馬鹿だよ。いいひとたちだ」

「それは絶対です。だってあなたのご両親ですもん」

きゅっと手を握り締めると、鼻先にくちづけられた。

「可愛いことを言う。区役所に行く前にきみを食べてしまいたいぐらいだ」

「……帰ってきたら」

これからふたりは、区役所に行くのだ。

そして、婚姻届を出す。

晴れて家族になるクリスマスは、これから毎年特別な意味を持つ。

いつも彼からキスしてもらうから、今日は悠乃のほうが爪先立つ。そして一仁の胸に手をあてがい、そっとくちびるを重ねた。

「悠乃」

目をまん丸にしている一仁が可笑しい。

「お出かけのキスです。さあ、行きましょう。どきどきしてきた。無事に婚姻届を出し終えたら、レストランの前にどこかカフェに寄りましょう。熱いカフェラテが飲みたいな」

「確かに。このときめきをずっと――一生忘れないよ」

胸に手を当てて微笑む一仁と、もう一度強く手を繋ぎ合う。

指先から伝わる熱を鮮やかなものにしたくて、どちらからともなく、またくちびるを重ねた。

宿る熱は、ふたりを確かな未来に導いてくれる。

一仁と一緒ならば、人生という長い冒険も無敵だろう。

どんな困難にぶつかっても、ふたりならば勝ち抜いていけるはずだ。

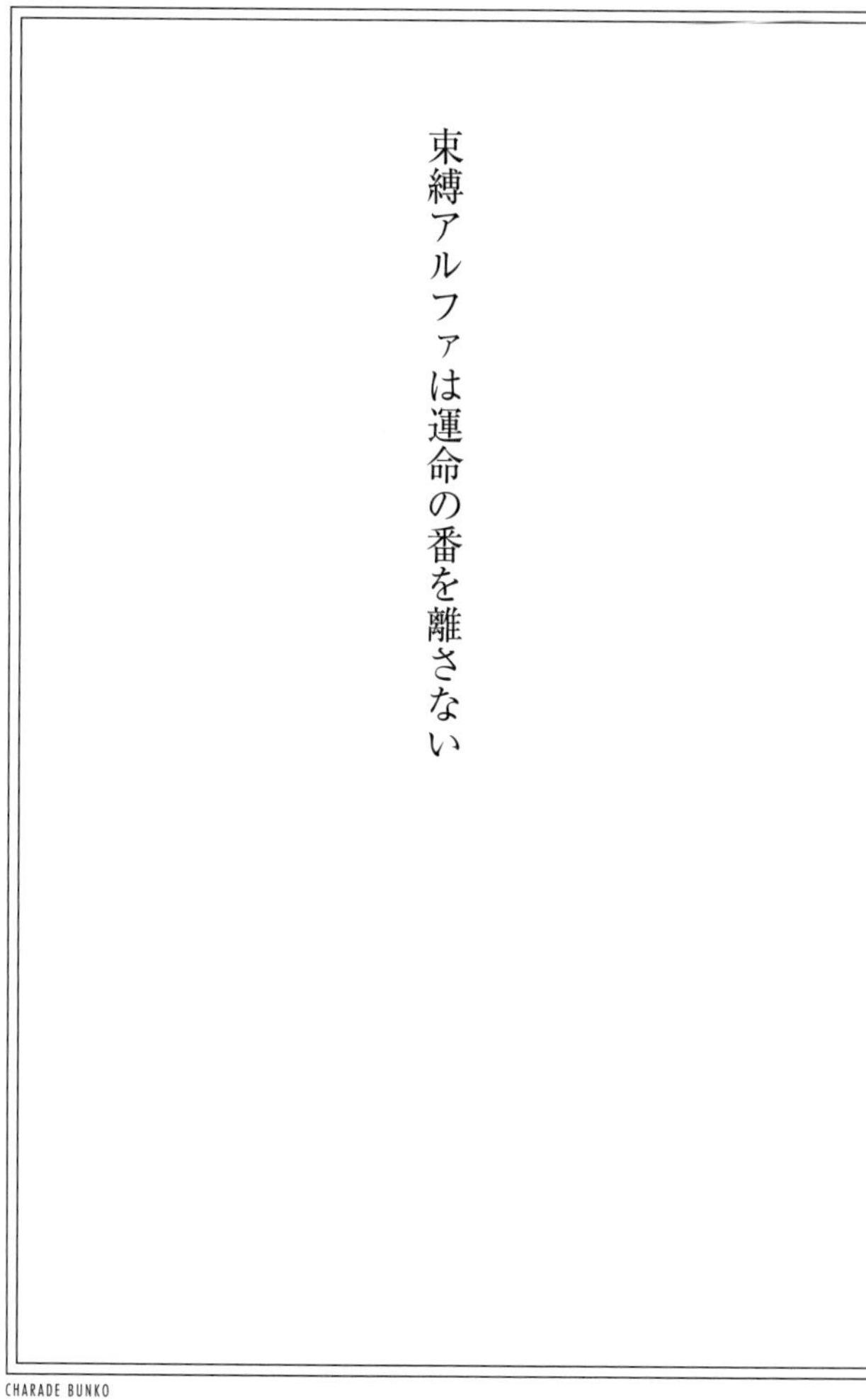

束縛アルファは運命の番を離さない

CHARADE BUNKO

1

趣味がない。

あるのは仕事だけだ。そんな空しさがつねに生嶌一仁を蝕んでいた。

「………」

その日も、彼はいつものように、自宅近くのスーパーで夕食用の食材を買い求めていた。

仕事帰りのサラリーマンやＯＬたちが行き交う中、ひとり無言のまま歩く。

その顔には、表情というものがなかった。

私はなんのために生きているのか。

親から譲り受けた貿易業はやっとこの数年で黒字経営になったが、それだけがむしゃらに働いてきたせいで、日々の潤いというものが欠けていた。

私の人生とはなんだろう？　ふと立ち止まり、自問する。答えは出ない。

そもそも、自分自身でもなにもわかっていなかったのだ。

だが、すくなくとも、こんなふうに無為に時間を過ごすためではないことは確かだ。

そう思いながら、再び歩き、自宅へと戻る。

ただひとつだけ、光明があった。

『最近、顔色がすぐれませんね社長。ちゃんとおやすみを取っていますか?』

『ああ、でもたいがいはビジネス書を読んだり映画を観たりして終わってしまう。そのすべてを仕事に生かせないかと考えてしまうんだ』

『それじゃおやすみと言えませんね』

苦笑いする部下が、『いいものがあります』と一本のパッケージと四角い箱を手渡してくれた。

『これは?』

『最近大人気のオンラインゲームです。社長、ゲーム経験は?』

『ほとんどない』

『それでも大丈夫ですよ。このゲーム、チュートリアルが親切だし、男性にも女性にもなれる。職業も戦士からエルフまでさまざまです。ボスも弱い奴から最強の奴まで幅広いですから、子どもに返った気分でプレイなさっては?』

『なるほど……ゲームか』

そのときはまだ興味はなかったが、家に帰ってゲームマシンを起ち上げてみたら、部下の言葉どおりだった。画面の中で、キャラクターがBGMに合わせて楽しそうに動いている。

——ひとまず私もやってみよう。つまらなければすぐにやめてもいいのだし。

数時間後、一仁は夢中になってゲームを続けていた。缶ビールを飲むのも忘れていたぐらいだ。

最初は、よくわからないまま敵を倒し、街のひとの話を聞いて回り、クエストを消化していった。

手応えを感じたのは、序盤のボス戦に挑んだときだ。その際の一仁の装備ではまだ倒せそうになかったが、オンラインゲームということもあって、見知らぬプレイヤーが協力してくれた。

無言で共闘に熱中し、無事に敵を倒したあと、いままでにない満足感とともに、「ありがとう」とゲームのキーボードを使って打ち込むと、「アリガト」と簡単なひと言が返ってきた。

おそらく、外国のプレイヤーなのだろう。恩に着せることもなく、強い呼びかけもなく、彼はさっと立ち去り、あとに残された一仁は奇妙な解放感を味わっていた。

ここでなら、立場も年齢も、性別さえも気にせず生きていける。

喉の渇きを覚えてビールを呷れば、もうとっくにぬるいが、それも気にならない。

いつしか一仁は微笑を浮かべていた。久しく忘れていた感覚であった。

それから数日のあいだ、一仁は仕事を早く切り上げ、夕食のあともずっとゲームに没頭していた。

「またあのひとに会うかもしれないな……」

けれど、あの外国人プレイヤーには二度と会うことができなかった。どこの誰ともわからぬ者に助けられた恩はけっして忘れない。

その後も似たようなことが何度かあり、初対面同士で共闘することを繰り返した一仁は、いつしか戦士として名を馳せ、【紅の剣を掲げし者】というチームを作るまでになった。

これも、多くのひとに助けられ、多くのひとを助けた結果である。

そんなある日のこと。

一仁はいつものように帰宅すると、ゲームマシンを起ち上げた。今日は金曜日なので、夜を徹して遊べる。

ゲームの世界では、すでにいくつものクエストをクリアしていた。レベルは80を超え、職業もいくつか修得している。

「ん？」

いつもは賑やかなトークアプリが妙に静まり返っている。どうしたのかと思いつつ、ログインボタンを押す。直後、部屋にいた全員がわっと沸いた。

『カイさん、助けてください！』

『どうしようもないんです！　もう打つ手がありません！』

『お願いします、なんとかしてください！』

それは、チームメンバーたちからの悲鳴のような叫びだった。

「みんな落ち着け。いったい何があったんだ？」

慌てて合成音で返せば、すぐさま応答があった。

『西のハシダンファ王国にいる敵が手強くて』

『俺たちだけじゃ倒せないんですよ』

「わかった。いますぐ合流するよ」

そう言ってコントローラーを操作し、約三十分後には先ほどとは違う歓声が上がった。喜びの声だ。

『さすがカイさん、やっぱりリーダーだけあって強いですねえ』

『今日も最後の一撃はカイさんでしたもんね！』

合成音を使っている者もいるので、男女の区別がつかないが、それでも構わない。ここは凄腕のメンバーが集まる【紅の剣を掲げし者】なのだ。

一同褒め称え合い「また遊びましょう」と言っておのおの散っていく。

達成感に満たされたカイ――一仁はボスのいた洞窟を抜けて街に戻り、ぶらぶらと歩く。

金曜の夜だけあって、ゲームの住人も多い。

その中に、見覚えのある人物がいた。

昨日も一昨日も、チームメンバー募集の掲示板を観ているエルフの男性だ。

「こんにちは」

ゲーム内のチャットを使って声をかけると、彼は驚いた様子で振り向いた。

『あの……あなたは』

「【紅の剣を掲げし者】をまとめている、カイだ。よろしく」

『え、あなたが？　あなたがあの【紅の剣を掲げし者】のリーダーですか？』

たどたどしいながらも、一生懸命受け答えしてくれる様子に思わず嬉しくなってしまう。

「数日前もここにいたよね。どこかのチームに入りたいのかい？」

『ええ、でも僕、まだまだ初心者で。エルフだから力も高くないし、皆さんの足を引っ張るだけになるかなって思ったら勇気が出なくて』

「レベルはいまいくつ？」

『15、です』

「それだと、この先にあるさざ波のほこらのボスを倒すのは難しいかな……よかったら、うちのチームに入るかい？　俺たちがサポートするから」

『【紅の剣を掲げし者】に？　僕が……？　でもあの、迷惑じゃありませんか？』

「大丈夫だよ。うちは種族も職業も関係ないからね。それに、きみのレベルはまだ低いけど、だからこそ支えてあげたくなるような魅力があるから」

『そんなふうに言われたのは初めてです』

謙虚な一言さえも好ましい。

こころが揺れ動く瞬間だった。

アルファとして、これまで数人の男女とつき合ってきたが、みんなどこかスマートでよそよそしく、恋愛にのめり込むところは一度も見られなかった。それも仕方がないかもしれない。恋人たちは一仁と同じアルファだったから、そろって矜持（きょうじ）が強く、こころなしか冷めているところがあった。

それは他の観点から見れば、「冷静である」という美点にもなるのだろうけれど。

一仁は熱い恋がしたかった。もともと、愛情深い親に育てられたせいもあって、自分も誰かを愛するのことに長けていると思う。

この暑苦しい情を丸ごと受け止めてくれる相手をずっと求めていた。

それはもしかしたら、ゲーム内で出会ったエルフなのかもしれない。

「じゃあ、これから一緒に行こう。仲間を紹介するよ。みんな気のいい奴らばかりだから緊張しないでいいよ」

一仁はカイを操作し、頭を下げる。

『ありがとうございます、カイさん』

「どういたしまして。ところで、きみの名前は……セイル、かな?」

『はい』

透明感のあるセイルがにっこりと微笑んだ。

2

ゲームの中で運命的な出会いを果たした一仁は朝早くから起き出し、ひとりぶんの簡単な食事を作る。

作る、と言っても、朝食はグラノーラに牛乳をかけたものとブラックコーヒーぐらいのものだ。

五分で食べ終えて食器を洗い、スーツに着替えて家を出る。

貿易会社の社長業はなにかと忙しいものだ。中規模の会社なので、一仁自身が商品の買い付けに出ることもある。

その日はヨーロッパのアンティークカップが大量に納品されたので、目利きができる一仁が立ち合い、一客一客確かめた。

その中から、ほどよく色褪せたピンクの花柄のカップを見つけ、手に取る。

飲み口は薄く、取っ手も華奢だ。よほど大事に扱われてきたのだろう。ひびも欠けもないカップのやさしい色合いがひと目で気に入り、「これは個人用に買い取らせてほしい」と言って持ち帰ることにした。

一日の仕事を終えて自宅に戻ると、今日手にしたばかりのカップを丁寧に洗い、飾り棚に収納する。

この仕事をしていて、さまざまなカップを集めるのが趣味になった。朝に飲むコーヒーは頑丈なマグカップを使うが、帰宅してから淹れる紅茶やハーブティは、飾り棚に陳列しているアンティークカップを使うようにしている。

明日は大学時代に所属していたキャンプ部の後輩の結婚式だ。

十歳年下だが、一仁はOBとしていまもたまに活動に顔を出すことがあり、その縁で披露宴に呼ばれた。

ブラックスーツを用意し、真っ白なワイシャツとクリアな印象のシルバーグレイのネクタイもセットした。

自分も三十五歳。「そろそろ身を固めたらどうだ」と両親に言われるようになった。

しかし、過去の恋愛がはかなく散ったことを思い出すと、積極的に誰かを探そうという気力がいまいち湧かない。見合いも勘弁願いたい。

となると、あとはもう神頼みだ。

アルファである自分は、運命の番(つがい)であるオメガとどこかで出会えるはずだ。

目と目が合ったら二度と離れられない関係。狂おしい電流が走り抜けるようなこころ持ち。

たとえようのないオメガと運命的な出会いを果たしたアルファを、一仁は数人知っている。

だから、いつか自分も——そう願っている。

いつか、いつか自分だけのオメガと出会える日がやってくる。

それまでは身を清らかにしておこうと考えながら、ゲーム機の起動ボタンを押した。

3

「まさか……」

声が掠(かす)れた。

まさか、後輩の披露宴で運命の番に出会えるとは。

思わぬ神様の采配に内心の動揺を抑えるのに必死になり、彼とすこし話したあと、先に一仁は披露宴会場を抜け出し、紳士トイレに入って冷たい水を顔に打ちつけた。

鏡を見ると、瞠目(どうもく)した自分が映っていた。落ち着け、と自分に言い聞かせる。

大丈夫。まだ慌てる時間じゃない。

彼――葉波悠乃(はなみゆの)は、間違いなくセイルだ。毎晩のようにトークアプリを通じて聞いていた声だから、すぐにわかった。

セイルだ。彼はセイルだ。

そう信じた途端、彼がぐらりと身体を傾げてきたので、慌てて支え、部屋に誘った。

ほのかに甘い香りが悠乃から漂ってきていて、自分ともあろう者がその場で劣情を催(もよお)しそうだった。あれは間違いなくオメガのフェロモンだ。

遅れて会場を出てきた悠乃の腰にさりげなく手を回し、エレベーターに乗って部屋へと向かう。その間、緊迫した時間が流れていた。

どちらかが余計なことを言ったらいますぐにもこの場が壊れてしまいそうな。

だからあえて口を閉ざし、彼を部屋に入れた。

それからのめくるめく時間は三日経ったいまでもまったく忘れられない。

泣いてよがった悠乃が何度も瞼(まぶた)の裏によみがえる。

あのときはお互い正気じゃなかった。しかし、悠乃は確かに自分の腕の中で喘(あえ)ぎ、果てていた。

その事実だけで充分だ。

あの瞬間、自分は愛されていた。その記憶さえあれば生きていける。

——でも。

今夜も『アルトラスエンド』で一戦を交えた一仁は満たされた気分でバスルームに入り、防水仕様のスマートフォンを弄る。

アルバムに、悠乃がぐっすり眠り込む無防備な姿が記録されていた。

ホテルに宿泊した夜中、ひそかに目を覚ました一仁は慎重にシャッターを切った。

この愛らしい眠り顔を独り占めしたい。

繰り返し繰り返し、「きみは私の運命の番だよ」と言って聞かせたが、悠乃はまだ半信半疑のようだ。

それはそうだ。

いきなり運命の相手と言われても信じられないだろう。

だが、この写真を見ればすこしは信じてくれるだろうか。

あの夜、ベッドの上で眠る悠乃を撮った写真を表示させ、じっと見つめていた。

その瞳がゆっくりと開いた。

『……一仁さん?』

『まだ眠っているといい。朝まで時間はある』

『うん……』

蕩ける様な声を残し、悠乃は安堵しきった表情で再び眠りに就いた。

あれから三日間。

悠乃としてのセイルは『アルトラスエンド』にログインしていない。

自分の正体を明かすには時間が必要だと悟っていた一仁は、先ほど、セイル宛てに『最近忙しいかな? 身体の調子を崩したりしてない?』というメッセージを送っておいた。

今夜もセイルは現れなかったが、明日頃にはきっとメッセージに気づいてくれるだろう。

一仁自身、降って湧いた幸運をまだ完全には信じられなかった。

ずっと可愛がっていたセイルが運命の番——悠乃だったなんて。

明日になったらもっと詳しく話をしよう。

バスオイルのラベンダーの香りを胸いっぱいに吸い込み、一仁はゆったりと瞼を閉じた。

もう一歩深く踏み出すにはどうすればいいだろう。

4

その案は、意外な方向からやってきた。

先日結婚式を挙げた後輩の井崎真(いざきまこと)から、あらためて礼をしたためた手紙と一緒に、ハイキングガイドブックが送られてきたのだ。そういえば、井崎は大手出版社の編集者で、アウトドア専門誌の編集部に所属していると聞いていた。

社長となってから山とは無縁だった。以前は富士山をはじめ、日本百名山にトライしていたが、本格的な登山グッズは使われなくなってクローゼットの奥にしまい込んだままだ。

ビールを飲みながらソファに座り、ぱらりとガイドブックをめくる。緑の多い高原をハイキングするだけでも充分楽しい。

夏の山々は魅力的だ。なにも高い山に登らずとも、緑の多い高原をハイキングするだけでも充分楽しい。

悠乃を誘ってみようか。ふとそう思いつき、スマートフォンを手に取った。

メッセージを送ってみる。

『こんばんは。急だけど、今度の週末、空(あ)いているかい?』

返事はすぐに返ってきた。

『はい。大丈夫です』

『よかった。夏のハイキングにお誘いしようと思って。悠乃くん、軽井沢とか興味ある?』

『ありますあります。大学時代、一度行ったきりで』

『じゃ、今度の日曜日、私の車で軽井沢に行こう。向こうでぶらぶらするんだ』

『楽しそうですね、朝七時頃にしますか?』

『ああ、それで構わない。家まで迎えに行くよ』

『すみません。じゃあ、簡単におにぎりを作っておきますね』

『ありがとう。週末を楽しみにしているよ』

そこでメッセージを終え、いつも悠乃相手に使う犬のスタンプから、大喜びして跳ね回るものを選んで送信した。向こうからも人気CMキャラクターのアニメスタンプが送られてきて、やりとりは終了した。

わくわくしながら待ちに待った週末の朝、約束の時間ぴったりに悠乃宅のインターホンを押した。

「おはようございます、一仁さん」

「おはよう」

笑顔の悠乃がトートバッグを肩から提げて出てくる。今日は爽やかなペールブルーの七分袖シャツにグレイのジーンズスタイルだ。足元は歩きやすいスニーカー。

「さあ、乗ってくれ」

アパート前に停めていたスポーツカーにいざなう。

助手席のドアを開けてやると、「すみません」と言って悠乃が乗り込んだ。

安全運転に努め、車を軽井沢方面へ向けて走らせた。

高速道路を走る途中で高坂サービスエリアに寄り、ひと息入れることにした。

小旅行に最適ないい天気だ。車から降りて大きく伸びをし、悠乃とともに自動販売機でアイスコーヒーを買った。

青色のパラソルが開くテーブルに着き、缶コーヒーのプルタブを上げる。

このサービスエリアにはドッグランが設営されており、たくさんの車から犬が飼い主とともに駆け下りてくる。

「うわ、わんわんパラダイスだ。あっちはトイプードル、向こうは柴犬……ん、いま降りてきたのは大型犬のバーニーズですね」

「悠乃くん、犬に詳しいな。犬派か？」

「ええ、猫も好きなんですけど、いつか自分で飼えるなら犬かなって。一緒に散歩したいです、そういうあなたは？　やっぱり犬派ですよね。いつも送ってくれるメッセージのスタンプ、可愛い犬ばかりだし」

「昔、マルチーズを飼ってたんだ。可愛くて賢い子でね。私が中学を卒業するまで長生きしてくれた。いまでも夢に見ることがあるよ」

「また飼いたいですか？」

「いつかは、また」

——そのときは、きみと一緒に。

こころの中で呟き、一仁は苦笑した。

そんな未来が来るとはまだ信じられなかった。

悠乃は一仁に運命を感じていないのではないか。いくらアルファとオメガの関係であっても、その事実が変わることはないだろう。

「……悠乃くんは、将来、結婚する気はないのか？」

問いかければ、悠乃はぱあっと頬を赤く染め、うつむく。落ち着かなさそうに缶コーヒーの縁を指で弄り、ちいさな声で答える。

「いつかは……結婚したいです」

「ほんとうに？」

思わず食いついてしまった。

——私と結婚してくれないか？

口からいまにもプロポーズの言葉が飛び出そうだったが、なんとか堪えた。

さすがに早すぎる。

身体の関係を持ったのだって、まだ、二度、三度だ。しかも、まだ最後まで繋がっていない。

缶コーヒーの残りを飲み干すことで内なる熱い想いを押し隠し、「行こうか」と立ち上がった。

「ここから軽井沢まではもうすこしだ。向こうに着いたら、まずは人気のテラスでランチでもどうかな。川沿いにあるんだ」

「人気のテラス……川沿い……」

車の助手席に戻るなり、悠乃がスマートフォンで検索し、「いいところですね」と微笑む。

「いろんなお店があるんだ。ここも犬大歓迎なんですね。あ、でも、僕、一応おにぎりを作ってきましたよ。たまご焼きと鶏の唐揚げも」

「それはいい。なら、テラスで悠乃くん特製のお弁当を食べながら、ふたりで好きな犬を探そう。そのあとは近くでハイキングだ」

「わかりました」

うきうきした声の悠乃がしっかりとシートベルトを締めるのを確認してから、車を出した。

テラスには十時過ぎに着いた。

駐車場に車を置いて、広いエリア内を散策する。土曜日の今日、園内は大賑(おおにぎ)わいだ。先ほどのサービスエリアとは比べものにならないぐらいたくさんの犬と飼い主がはしゃぎ、隣を歩く悠乃もご機嫌だ。

おしゃれな雑貨を扱うショップでアロマキャンドルを買い求めたあと、木立が見えるテラスへと向かう。前もって、自動販売機で冷えた緑茶を買っておいた。

丸椅子に並んで腰掛け、悠乃がいささか緊張した顔でお弁当の包みを開けていく。

赤いバンダナで包まれていたのは、アルミホイルにくるまれた大きなおにぎり。そしてタッパーには黄金色のたまぎ焼きと唐揚げ、塩茹でしたブロッコリーが彩りよく配置されていた。

「いただきます」

両手を合わせ、早速おにぎりに手を伸ばした。

「これも美味しい。甘塩っぱい味がたまらないね。いくつでも食べられそうだ。唐揚げは……うん、こっちも美味い。悠乃くんは料理上手だな」

「そんなことないです。僕でも作れるメニューはこれぐらいしかなくて」

「謙遜しなくてもいい。唐揚げにはショウガが隠し味にしてあるのかな？」

「ええ。僕、ショウガ好きなんですよね。ジンジャーティやジンジャーエールも大好きで」

ほっとした顔の悠乃もおにぎりをぱくつき、唐揚げを頬張る。

「よかった。美味しくできてる。何度か練習しました。一仁さんにも美味しく食べてもらいたくて」

いじらしいことを言う。いますぐにでもキスしたい衝動を堪えるのはかなり大変だ。

知らず知らずのうちに渋面になっていたのだろう。

「一仁さん、どうしました？　なにかまずかったですか？」

「いや、きみがあまりに可愛いからキスがしたくて、我慢している」

見る見る間に悠乃が真っ赤になっていくのがちょっと可笑しかった。

「もう、またそんなこと言って」

「食欲が満たされたから、べつの欲を満たしたいんだ」

「……ハイキング！　ハイキング行きましょう」

　赤面したままの悠乃が慌ててタッパーを片付け、さっさと席を立つ。

　仕方がないなと苦笑して、一仁も立ち上がった。

　楽しげな声があふれるテラスをあとにし、近くの高原へと向かう。

　緑が生い茂った場所まで来ると、途端にひとがすくなくなる。

　夏の白樺（しらかば）は幻想的で、車を降りるなりふたりして深呼吸した。澄んだ空気がみずみずしくて、心地好い。

　遊歩道が奥まで続く場所なので、軽装でも問題ない。

　無言で悠乃の手を摑むと、彼もおとなしくついてきた。

　きゅっと指先を絡め合いながら、木立の中へと入っていく。

　木々の間から木漏れ日が射してきて、ふたりをふわりと照らす。ちちち、と鳥の声を耳にしてその姿を探したが、きらきらした陽射しにまぎれ込んでいるのか、見つけ出すことはできなかった。

　十分ほど黙々と歩き、すこし開けた場所に出たところで足を止めた。

　はぁ、と吐息を耳にして振り返れば、悠乃が空を見上げている。

　白樺の林の中にひっそり立つ彼の姿は、まるで『アルトラスエンド』内のセイルみたいで、その背中に羽が生えていないのが不思議なぐらいだ。

　一仁にこころを預けてくれているのだろう。無邪気な横顔に胸が甘く締めつけられ、思わず彼を抱き締め、硬い白樺の木に押しつけていた。

「一仁さん……」

ぼうっと潤む瞳を見ると、平常心ではいられなくなってしまう。

オメガの存在によって、アルファはかき乱されるのだ。

いますぐにも力ずくで抱きたい劣情をなんとか抑え込み、そっとその顎をつまんで押し上げ、くちづけた。

ちゅ、とくちびるが重なると、彼のほうも期待していたのだろう。熱くしっとりしたくちびるがかすかに開いたのをきっかけにして、舌をねろりとねじ込み、うずうずと吸い上げる。

たっぷりとした唾液を送り込むと、背中にしがみついてくる悠乃が「……ん」と甘い声を上げ、こくりと喉を鳴らした。

可愛い。

ほんとうに可愛い。

獰猛な気分になりそうなのを懸命に堪え、ちゅくちゅくと悠乃のちいさな舌を食み、搦め捕った。

「っは……だ、め……」

立ったままの悠乃の膝ががくがくと細かに震える。

それでもまだやめてやれなくて、シャツ越しに平らな胸をやんわりとまさぐった。

「あっ……ん……」

薄いシャツの下は素肌のようだ。ぷつんとした尖りを見つけてきゅうっとひねると、せつなげな声が聞こえた。

「だ、め、そこ……っそこ、つらい、から……」

「悦すぎるから?」

「……意地悪」

涙目で見つめられ、つい微笑んだ。

本気で意地悪をしようというつもりはないのだが、ふるふると小動物のように震える悠乃を見ていると、追い詰めたくなってしまうのだ。

胸をいたぶるのはやめて、火照った頬にキスを繰り返す。

「ごめん、ふたりきりだと思ったらなんだか止まらなくて」

「……うん、僕も」

他にひとがいない場所だから、たったいまは世界中にふたりきりという気分だ。

もうすこし緑が濃かったら、踏み込んでいたかもしれない。悠乃の中に。

けれど、そうするにはここは陽がまぶしく、爽やかだ。

「残念だが、これぐらいにしておこう。お互い、妙な気分にならないうちに帰ろうか」

「……はい」

その声がどこか残念そうに聞こえたのは気のせいだろうか。

いや、気のせいじゃない。
自分だって想いを残しているのだ。
悠乃——セイル。
セイル。
この神聖な林の中なら、名前を呼んでも許される気がするけれど、まだ早い。
深く息を吸い込んだ一仁は悠乃の手を握り直し、きびすを返した。
明かすときはいまじゃない。
でも、そう遠くないうちに、いつか。

5

高原から戻ってきた一週間後、今度は悠乃から映画に誘われた。

といっても、そうけしかけたのはカイである自分だ。

一仁に惹(ひ)かれてくれている悠乃を逃したくなくて、一緒にプレイしている間に、『その相手をデートに誘ってみたら？』とアドバイスすると、セイルであるところの悠乃は素直に承知し、メッセージを送ってきた。

大型モニターの中に映るセイルを見つめていると、そばに置いていたスマートフォンが静かに振動する。メッセージが飛んできたのだ。

見てみれば、思ったとおり悠乃だ。


『この間はありがとうございました。突然のお誘いすみません。今度の土曜日、僕と映画に行きませんか？　ラブコメでおもしろい映画があるって聞いたので、一緒に観たいなと思って。お返事待ってます』

いましがた打ち合わせたばかりの文面が几帳面に並んでいることに微笑み、即座に了解の返事を送る。

ゲーム内のセイルは無邪気に喜んでいた。

彼を騙(だま)しているような気分ですこしだけ胸が痛むが、この恋は絶対に成就させたい。

他のことはすべて手放してもいい。

どうしても、どうしても、悠乃のこころがほしかった。


約束どおり一緒に映画を観たあとは、彼をうちに招いた。一緒にカレーを食べようということになったのだ。

楽しく食事を終えるとはしゃぎ疲れたのだろう。うとうとしている悠乃に風呂を勧め、ゲストルームに案内した。

紳士的に接しようと思っていたのだ。悠乃が枕を抱えてベッドルームに入ってくるまでは。

「どうしたんだい、眠れない？」

悠乃がこくんと頷(うなず)く。

そこから先はもう止まれなかった。止めてやれなかった。

初めての快楽に啜(すす)り泣く悠乃の中は熱く潤み、出しても出してもまた欲しくなりそうなぐらい、抜群に相性のいい身体だ。

「ああっ……いい……っ」

「ほんとうに？　嬉しいな。もっと感じてほしい」

ぐぐっと抉り込むと、悠乃が身体をしならせる。

あまり強く貫けば悠乃が泣いてしまうだろうからと力を加減したのだが、もっと、とでも言うように内腿ですりっと腰を擦り上げられ、堪えきれなくなってしまう。

「悠乃くん、そんなに絞り込んだら……イってしまいそうだ」

「あっ、あ、僕、なんか、ずっと……ずっと、イってて……っんんっ……！」

何度目かの絶頂に達した悠乃を抱き締め、最奥にどくりと撃ち込んだ。

「んーっ……！」

しなやかな身体を触れ合わせてくる悠乃がいとおしくてしょうがない。

くたんと力を抜く悠乃の顔中にくちづけて、繰り返し抱き締め直した。

「僕も……初めてなのに、こんなに感じて……どこかおかしいのかな……えっちすぎます？」

「相性がいいってだけの話だよ。これで番だとわかってもらえたかい？」

恥じらいながら、悠乃がこくんと頷く。

言葉で信じてもらえないなら、身体の熱で。

「信じてもらえるぐらいまで、きみを抱く」

「ん……」

一仁の宣言に、悠乃が恥じらいながら頷く。

どこもかしこも熱く湿り、男の欲情を煽る。

「いけない身体だな」

「一仁さんの、……せいです」

絶え間なくキスを続け、ふたりしてさらなる深みへと落ちていった。

6

いつ自分がカイだと打ち明けようか。

タイミングをはかっているうちに、事態は急転直下した。

『アルトラスエンド』で、カイを巡ってチーム内で争いが起きたのだ。そのうえで、いつもセイルばかり贔屓(ひいき)して、と野次られ、言葉に詰まった。

チームリーダーなのだから、みんなに平等にすべきだったのだが、私情に流されている場面も多々あったのだろう。

そのことを案じたセイルが三回死んだところでなんとかクエストを終わらせ、しばらくしてからメッセージを送ってきた。

『……』『アルトラスエンド』、とても楽しかった。カイのおかげだよ。いままでずっと甘えっぱなしでごめんね。いろいろと助けてくれたこと、忘れない。ほんとうにありがとう。もうこのゲームにはログインしないけど、いつか僕も別のゲームでカイみたいに強いプレイヤーになるよ』

読み終えた途端、目の前が真っ暗になった。

いますぐにでも悠乃に電話をかけて一切合切を話してしまいたかったが、いや待て、とおのれに言い聞かせる。

まだカイはゲームにログインしていて、他のメンバーもいる。ここでセイルを追ってログアウトしたら、リーダーとしては名折れだろう。

セイル――悠乃にも時間を与えたかった。

これ以上、いまは混乱させたくない。

落ち着くまでじっと堪え、ほどよきときに事情説明をする。それがいい。

焦燥感を抱えながらメンバーと話し、いいタイミングでゲームから抜けた。

それからの日々はとにかく悠乃のメンタルケアに努めた。

すべてを明かしていない状態ではカイの代わりになるなんて言えないけれど、いままで楽しく遊んでいた居場所を失ってしまった寂しい悠乃を癒やしたかったのだ。

一仁として悠乃に何度か会い、お茶と食事をするだけにとどめた。

悠乃の気持ちが落ち着くまで、もうすこし。

じっと耐え忍ぶことができる大人であるはずだ、自分は。

季節が秋に向かっていくさなか、すこしずつ悠乃の表情がやわらかくなっていく。

そろそろすべてを明かしてもいい頃かと考えていると、悠乃から『会いたい』とメッセージを送ってきた。

この日だ、これを逃す手はない。

彼をうちに迎える日の午後から、一仁はキッチンに立ち、おでん作りに精を出していた。

今日こそ、すべてを話したい。

悠乃は美味しそうなクラフトビールを携えて訪ねてきてくれた。

いますぐにも強く抱き締めたい想いを堪え、食事を勧めた。

和（なご）やかなムードの中、悠乃はお腹いっぱいになるまでおでんとごはんを食べ、すこしそわそわしていた。

そして、ついに口にしたのだ。

「あなたが好きです。一仁さん、あなたを好きになりました」

「ほんとうに？」

悠乃はまだ気づいていない。一仁の正体に。

だから、赤いベルベットの小箱を渡した。

ほんとうは自分からすべてを打ち明けるはずだったのに、先を越されて胸が高鳴る。

ずっと彼を想ってきた。いつかこの日を迎えるために、前もって用意しておいた小箱の中身を早く悠乃に見てほしい。

「これ……」

不思議そうな顔をする悠乃に、「開けてみて」とやさしくうながす。

中に入っているのは、プラチナでできた二本の剣がかち合うモチーフのリング。

「セイルがずっと欲しがっていた、プラチナの剣のリングだよ。これをはめれば、どんな魔法も詠唱できて、MPも消費しない。伝説の指輪だ。きみのために、同じデザインのものを特注したんだ。気に入ってくれたかな？」

「伝説、の……あなたは……」

「いままでぜんぜん気づかなかった？　セイル」

「……カイ？　あなたが、カイ？」

「そうだよ。やっと気づいてくれたね。私がカイだ。きみを見初めて、チームに誘ったカイだ。そして――運命の番でもある」

「カイ、……一仁さん」

目を瞠った悠乃は一仁の顔と、手の中の小箱を何度も見つめ直す。

「あなたが……カイ、なんですか」

「そうだよ。いままで黙っていてごめん。きみは最初からずっと素直で、まっすぐだった。私がまとめていた【紅の剣を掲げし者】は凄腕ぞろいで頼もしかったが、まだなにも知らないみずみずしいセイルに惹かれたんだ。だから、声をかけた」

「そう、でしたね……街のチームメンバー募集の掲示板を見ていたら、カイが……あなたが声をかけてくれて。【紅の剣を掲げし者】に誘ってくれたんでしたね」

声に涙が滲んだ。

そんな悠乃をそっと抱き締め、囁いた。

「きみを抱いても？」

「……いいです。僕もあなたに抱かれたい」

「セイルも悠乃くんも、愛してる。こつこつ積み上げていくことを厭わないきみの純粋なこころに惚れ込んだんだ。どうか、私と結婚してくれないか？」

こくりと頷いた悠乃の温もりを守るようにして、ベッドルームへといざなった。

一生、離さない。

7

悠乃と結婚し、二年の月日が流れた。

「あっあっ、うー」

「はいはい、どうした、のどか。お腹が空いたかな？　おむつかな？　……おむつは大丈夫そうだ。お腹が空いたんだね」

「あー」

「待っていなさい。いますぐミルクを作ってあげるから」

はしゃぐ愛息をベビースリングに入れて抱き上げ、ミルクの用意をする一仁の手つきは慣れたものだ。

生後半年ののどかのぱっちりした目は、悠乃にそっくりだと思う。形よく整ったくちびるは、自分に似てくれただろうか。

通った鼻筋をちょいちょいとつつきながらミルクを哺乳瓶に入れて、「はい。どうぞ」と差し出すと、のどかは待っていたとばかりに吸いつく。

ちゅうちゅうと元気よくミルクを飲むのどかを抱えながらリビングのソファに腰掛けると、いくらかスプリングが沈んだことを察したのだろう。文庫本を開いたままうたた寝をしていた悠乃が目を覚ました。

「ん……あ、のどか……一仁さん。すみません、居眠りしちゃった……」

「いいんだよ、ゆっくりしていて」

悠乃が読んでいたのは、一仁がこよなく愛する『深夜特急』だ。自分が歩んできた読書の道をあとから追いかけてくる悠乃を見るのは、このうえなく楽しい。

四月の日曜の陽射しは暖かく、部屋を照らしている。

外に出れば春の煌めきが味わえるだろう。

そうだ、と思いついて、一仁はミルクを飲み終えたのどかを抱えたまま、もう一度キッチンに立つ。お湯を沸かし、飾り棚からピンクの花柄が可愛らしいアンティークのカップを取り出す。ダージリンのよい香りを立たせて悠乃のもとへ運び、「飲む？」と聞いてみた。

「わ、ありがとうございます。いい香り……」

嬉しそうにカップに口をつける悠乃に、「あー」とのどかがちいちゃな紅葉(もみじ)のような手を伸ばす。

「ふふ、のどか、ご機嫌だね。パパに抱っこしてもらえて嬉しい？」

「うー！」

全身で喜びを表す愛息にふたりして微笑んだ。

「お茶を飲んだら、すこし外を散歩しようか。いい天気だよ」

「ですね。……あー、よく寝た。散歩から帰ってきたら、ちょっとだけ『アルトラスエンド』に行きません？　いま、ちょうど新規イベント真っ最中だし」

「いいね。だったらたっぷりのどかと外で遊んで、お昼寝させてあげよう」

「のどかー、大きくなったらおまえも一緒に『アルトラスエンド』で遊ぼうね」

きゃっきゃっとはしゃぐのどかのもちもちほっぺをつつく悠乃が笑う。

ゲームがふたりを結びつけてくれたのだから、いつかはのどかも交えて三人でプレイしたい。

紅茶を飲み終えた悠乃が「ごちそうさまでした」と言ってカップをソーサーに戻し、顔をのぞき込んでくる。

なにかを期待しているような、わくわくした目だ。

だから、一仁も微笑み、そのくちびるを甘く吸い取った。

「あなたのキスで完全に目が覚めました」

「おはよう、悠乃。キスぐらいならいつでもしてあげるよ」

嬉しそうにはにかむ悠乃にちゅっちゅっとくちづけると、合間に挟まっているのどかが、

「んむー」と不満げな声を漏らす。

「ごめんごめん、のどかにもキスしなきゃね」

「そうだそうだ」

両側からのどかのやわらかな頬にキスを贈り、そろって立ち上がる。

寝癖のついた悠乃の髪を撫でつけてやりながら、「出かけようか」と手を握った。
「あなたの行くところなら、どこへでも」
遠く遠く、どこまでも。
それは『アルトラスエンド』でも、現実でも変わらない。
ずっとずっと、どこまでも。
空が広がる限り、悠乃とのどかと一仁の道は続いていくのだ。

あとがき

こんにちは、または初めまして、秀香穂里です。

シャレードさんは、なぜか偶然「溺愛アルファ～」というタイトルが続きましたが、内容はそれぞれ独立しております。

今回の溺愛アルファはゲームの世界の住人です。私もオンラインゲームで遊ぶことがあるのですが、ほんとうにさまざまなプレイヤーがいるんですよね。やさしかったり、ツンデレだったり、ちょっと怖かったり。

ゲーム中のキャラクターとはいえ、操作しているのは人間なので、そのひとの本性が垣間見える気がします。

そんなゲームを介してほんとうの恋に出会う悠乃と一仁を美しく、凛々しく描き上げてくださった秋吉しま様。

お忙しいところ、麗しく、格好いいふたりをありがとうございました！　カバーのもどかしいふたりも素敵ですし、どのモノクロイラストも宝物です。

重ね重ね、お忙しい中、ご尽力くださいまして、ほんとうにありがとうございます。担当様。今回もめちゃくちゃお手間をかけてしまって申し訳ございません……！　今後もご指導、ご鞭撻のほどなにとぞよろしくお願いいたします。

そして、この本を手に取ってくださった方へ。

最後までお読みくださって、ほんとうにありがとうございました。

オンラインゲームにハマったことがある方もいらっしゃるかもしれませんね。プレイ中、トイレと食事が面倒になりませんか？　私はいつもおにぎりばかり食べています。ゼリー飲料も大活躍です。

この本が無事に出る頃には、新しいＰＣに移行して、人気のオンラインゲームをプレイしている予定です。時間を忘れて遊びます！

ぜひ、ご感想などありましたら、編集部にお手紙をお送りくださいませね。こころの糧にいたします。

それでは、また次の本で元気にお会いできますように！

本作品は書き下ろしです

秀香穂里先生、秋吉しま先生へのお便り、
本作品に関するご意見、ご感想などは
〒101 - 8405
東京都千代田区神田三崎町2 - 18 - 11
二見書房　シャレード文庫
「溺愛アルファは運命の番を逃さない」係まで。

溺愛アルファは運命の番を逃さない

2022年 7 月20日　初版発行

【著者】秀香穂里

【発行所】株式会社二見書房
東京都千代田区神田三崎町2 - 18 - 11
電話　03（3515）2311［営業］
　　　03（3515）2314［編集］
振替　00170 - 4 - 2639
【印刷】株式会社 堀内印刷所
【製本】株式会社 村上製本所

落丁・乱丁本はお取り替えいたします。
定価は、カバーに表示してあります。

ISBN978-4-576-22092-5

https://charade.futami.co.jp/

今すぐ読みたいラブがある!

秀 香穂里の本

きみが俺のものだという証をつけたいんだ

溺愛アルファは運命の花嫁に夢中

イラスト＝れの子

「俺の勘違いではない。きみと俺は運命の番だ」出会ったばかりのアルファ、鹿川にプロポーズされた海里。甘い愛撫にどれだけ身体が反応しようとも、素直にプロポーズを受け入れられない海里は「三か月間、週三日、自分の家に通うこと」という条件を出すことに。だが、半同居状態で鹿川の溺愛はエスカレートして!?